TABLE DES MATIÈRES

1. Chapitre un   1
2. Chapitre Deux   12
3. Chapitre Trois   20
4. Chapitre Quatre   29
5. Chapitre Cinq   35
6. Chapitre Six   44
7. Chapitre Sept   50
8. Chapitre Huit   55
9. Chapitre Neuf   61
10. Chapitre dix   67
11. Chapitre Onze   71
12. Chapitre Douze   78
13. Chapitre Treize   84
14. Chapitre Quatorze   90
15. Chapitre Quinze   97
16. Chapitre Seize   104
17. Chapitre Dix-Sept   112
18. Chapitre Dix-Huit   121
19. Chapitre Dix-Neuf   125
20. Chapitre Vingt   127
21. Chapitre Vingt-et-Un   133
22. Chapitre Vingt-Deux   136
23. Chapitre Vingt-Trois   140

Publishe en France par:
Camile Deneuve

©Copyright 2021

ISBN: 978-1-64808-965-7

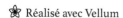 Réalisé avec Vellum

BLURBS

Stone Vanderberg, journaliste renommé, playboy milliardaire, peaufine son prochain article à Cannes, dans le sud de la France. Il fait connaissance avec la sublime Nanouk Songbird ; visiblement attirés l'un vers l'autre, leur entente, indéniable, est gage d'une nuit sensuelle mémorable.

Quelques mois plus tard, de retour à New York, Nan est nommée avocate de la défense d'Eliso Patini, star de cinéma et meilleur ami de Stone, cerise sur le gâteau... elle est maman... de la fille de Stone.

Nan tombe fortuitement sur Stone — Stone n'a jamais voulu d'enfant — et lui cache l'existence de sa fille. Leur attirance est plus forte que jamais, Nan songe à sa carrière mais finit entre les bras de Stone... et dans son lit.

Tiraillée entre son amour pour sa fille et son désir pour Stone, Nan échafaude un plan, au risque de les perdre — voilà qu'on attente à la vie d'Eliso, un meurtre atroce les anéantit, Nan et Stone vont devoir œuvrer de concert et découvrir qui veut la peau d'Eliso, avant que leur ami ne parte les pieds devant ; tous deux courent un grave danger, leur fille pourrait se retrouver seule et orpheline du jour au lendemain.

Scènes de sexe torrides, dossier brûlant, Nan et Stone parviendront-ils à couler des jours heureux ?

∾

Je n'ai jamais rencontré d'homme aussi excitant – aussi dangereux.

Sa réputation le précède mais j'ai un dossier à boucler – éviter les ennuis à mon client, tout faire pour que sa vie ne s'étale pas au grand jour dans un article signé Stone Vanderberg.

Mais, bon sang, j'ignorais qu'il était si attirant et si sensuel, avec un côté macho hyper excitant.

J'ai envie de lui dès que je le vois, impossible de lui résister.

Je brûle de désir...

J'ignore combien de temps je vais pouvoir tenir...

... ni si j'en ai envie.
Je suis censée bosser mais impossible d'oublier Stone Vanderberg, ce qu'il
ferait de moi.
Ce que je meurs d'envie de faire avec lui...

Stone Vanderberg. Un nom sulfureux — à juste titre —connu
comme le loup blanc parmi les playboys du sud de la France.
Suis-je présomptueux et arrogant ? Assurément. Toute modestie mise
à part, je suis séduisant et bien foutu, ma réputation d'étalon n'est
plus à faire.
Mon nom est un passe-partout, j'obtiens toujours ce que je veux – *elle*
en l'occurrence...
Nanouk Songbird est à l'opposé des actrices que je baise
habituellement – après tout, nous ne sommes que des humains.
Elle ne pourra pas me résister. Oh oui, d'ici la fin de la semaine, elle
gémira et hurlera dans mon lit, je la tringlerai jusqu'à ce qu'elle
obéisse ...
Elle ne pourra pas me résister... quoique ?

CHAPITRE UN

C annes, France...

COMME CHAQUE ANNÉE, Stone Vanderberg s'interrogeait sur la raison de sa présence au festival. Sa longue carrière de journaliste n'était en rien liée à l'industrie cinématographique ou aux acteurs, mais l'auto-satisfaction des stars de cinéma, des réalisateurs et des producteurs qui débarquaient tous les ans, au mois de mai, dans le sud de la France, le fascinait.

Douze ans déjà qu'il avait pondu un article cynique et ironique pour le New Yorker, sa côte de popularité avait grimpé en flèche, depuis, ses articles étaient très attendus tous les ans, au festival.

Les stars et autres grands pontes des studios de cinéma adoraient se faire dézinguer par Stone Vanderberg – la publicité est toujours *bonne* à prendre, après tout – et, comportait, pour Stone, des avantages non négligeables. Il descendait chaque année à l'*Intercontinental Carlton*, face à la mer, dans la même suite que Sean Connery – aux frais du magazine, bien entendu – les jolies femmes se bousculaient pour coucher avec le séduisant écrivain.

Stone Vanderberg était le fils aîné d'un milliardaire de Long Island – les Vanderberg étaient fortunés depuis des générations, rivalisant avec les Getty et les Rockefeller en termes de prestige et d'argent. La fortune de Stone et Ted, son jeune frère imprésario, se comptait en milliards de dollars, ils se taillaient la part du lion grâce à leurs réputations bien méritées à l'international de séducteurs qui bossaient dur mais s'éclataient tout autant.

Assis à la terrasse de sa chambre d'hôtel, Stone contemplait les hordes de touristes et le monde du Septième Art déambulant à ses pieds sur *La Croisette*. Il faisait déjà chaud à sept heures du matin. Il allait passer la journée à regarder et écouter des acteurs et actrices venus promouvoir leurs films. Stone serait inévitablement invité à de nombreux dîners ou cocktails, et, comme il l'avait découvert, n'hésiterait pas à coucher avec actrices *et* acteurs confondus.

Un profond magnétisme émanait de toute sa personne. Stone mesurait un mètre quatre-vingt-dix-huit, était large d'épaules et faisait sa musculation quotidienne à quatre heures du matin. À quarante ans, avec ses cheveux bruns méchés de gris et son regard bleu perçant, Stone usait et abusait de son côté macho, de son pouvoir, pour obtenir ce qu'il voulait, sans se cacher. Ce bosseur aimait baiser – *surtout* baiser. Il ne s'était jamais marié, comme il l'avait déclaré dans ses interviews, pourquoi se marier avec une femme, quand on peut en avoir à foison ? Son charme compensait son arrogance.

En dépit de son attitude, Stone, très sûr de lui, préférait user de son charme, et non se comporter en goujat. Il annonçait d'emblée à ses conquêtes qu'il ne s'agissait que d'un coup d'un soir, les traitait toujours avec égard au réveil. Ses collègues, ses subordonnés notamment, l'adoraient – c'était un patron juste et accessible, qui payait bien et encourageait son équipe à accomplir ses rêves. Shanae, son assistante personnelle, une magnifique blonde originaire de Charleston, habillée comme dans les feuilletons Dallas ou Dynasty des années quatre-vingt, avec de grandes vestes à épaulettes, était de la dynamite, elle n'hésitait pas à se moquer de Stone et lui rire au nez, mais lui vouait une fidélité sans faille, un vrai bouledogue. Shanae et Stone étaient comme frère et sœur – Stone étant le genre d'homme à sauter sur tout ce qui bougeait, Shanae avait été claire dès le départ, le cul et le boulot ne faisaient pas bon ménage.

« La promotion canapé c'est pas mon truc, » avait-elle lancé durant l'entretien. « Je connais les hommes de votre espèce, Stone Vanderberg, le monstre tapi dans votre froc n'a aucune chance avec moi. »

Stone l'avait embauchée sur le champ. Il regarda l'heure qu'il était à New York, se demanda s'il devait l'appeler ou pas – elle était réveillée, en train de jouer à des jeux vidéo has-been et avaler des cookies au beurre de cacahuète.

Mauvaise idée. Elle serait mécontente d'avoir été dérangée. Il réintégra sa suite et se dirigea vers sa chambre. Sa dernière conquête venait de se réveiller. Il lui sourit.

« Salut, Holly. »

Holly était une rousse amusante. « Salut, mon beau. J'vais pas traîner, j'ai juste besoin d'une bonne douche. J'ai une réunion à dix heures et mon hôtel est excentré, » dit-elle avec le sourire.

« Bien sûr ma chérie. Je te rejoins ? »

Holly rigola. « Si tu me rejoins, on va baiser et je serai en retard. Je peux me doucher rapido ?

– Bien sûr. »

Elle l'embrassa en passant et prit son sexe dans sa main. « Super nuit, chéri.

– C'est réciproque. »

Stone entendit la douche couler et poussa un soupir d'aise. Voilà ce qu'il aimait – une bonne partie de jambes en l'air, une petite discussion amicale au réveil et basta. Holly était un plan cul exceptionnel – sportive, désinhibée, rigolote. Et sublime : rousse, tatouée, différente des filles qu'il fréquentait habituellement.

Il réfléchissait. *Quel est mon 'type' de femme ?* Il sourit. Belle. Sexy. Pulpeuse, *pas* la peau sur les os. Les actrices devaient à tout prix rentrer dans du 34 ; être tombé sur Holly, bien en chair, était un vrai miracle. Son physique pulpeux constituait certainement un frein à sa carrière, contrairement aux sacs d'os qui arpentaient le festival en robes de grands couturiers.

« Hé, Holly ? Appelle-moi quand tu seras de retour aux States. Je t'arrangerai un bout d'essai. Tu devrais pouvoir percer là-bas. »

Holly passa la tête par l'entrebâillement de la porte de la salle de bain. « C'est pour me *remercier de la nuit* ? »

Stone sourit. « Non, *une femme géniale mérite un petit coup de pouce.* »

Holly rougit de plaisir. « T'inquiète pas, je dirai à personne que le grand Stone Vanderberg est un vrai nounours. » Elle l'embrassa. « Merci pour la baise de ouf, Stone. T'es le meilleur.

– Oh, je sais. »

Holly leva les yeux au ciel en rigolant. « A un d'ces jours, mon chou. »

Le silence retomba après son départ. Stone reverrait Holly avec plaisir – cette fille était une vraie bouffée d'oxygène. Il prit son bloc-notes – très vieille école – et déambula parmi la foule. Il passa prendre son accréditation pour le festival et se dirigea vers le Village International, des barnums sous lesquels les professionnels du film se rencontraient et faisaient leur promotion.

Cosimo DeLuca discutait avec un producteur sous le pavillon "Italie". Stone attendit qu'il prenne congé avant de saluer son vieil ami. « Cos, t'as rajeuni de dix ans. »

Cosimo sourit. « Grâce à Biba.

– Comment va-t-elle ?

– Enceinte. Une grossesse désirée, je tiens à préciser. Nous ne pouvions pas attendre. Le film bouclé, je rentre chez moi passer quelques mois au vert en Italie. » Il regarda autour de lui. « Pas moyen de choper Eliso – j'aimerais lui proposer un rôle mais impossible. »

Eliso Patini était sans doute l'acteur le plus célèbre d'Italie mais également le plus secret, et le meilleur ami de Stone. Stone haussa les épaules. « Il *te* rappellera forcément si tu lui laisses un message, Cos. Tu dois être dans le top 5 des personnes qu'il *rappelle* forcément. »

Ils éclatèrent de rire. « Tu peaufines ton article annuel ? »

Stone acquiesça. « C'est décevant, les sujets croustillants se raréfient au fil des ans.

– J'ai peut-être une piste. Hormis le fait que Stella soit ici et envisage, *encore une fois,* de voler la vedette à Lawrence..., » Cosimo rigolait. « Il paraît que Sheila Maffey est ici, et qu'elle est fort remontée.

– A propos du jury ?

– Oui, elle a raison. Aucun des juges présents cette année n'est une femme ou représentant d'une minorité. Un peu trop "blanc" à son goût. » Cosimo secoua la tête. « C'est honteux à notre époque.

– Je ne voudrais pas en rajouter mais on est plutôt mal placés en tant que mecs, blancs, la quarantaine, » lâcha Stone en soupirant.

« Soutenons-la. Quoiqu'il en soit, le studio a dépêché une avocate pour épauler Sheila dans ses conférences de presse. La pauvre. Elle va s'envoler au premier coup de vent mais pour le moment, elle semble tenir le cap et bien driver Sheila.

– Ils ont choisi une femme pour réduire une femme au silence ?

– Non, l'avocate soutient Sheila, c'est positif. Il faut savoir la prendre. Tu connais Sheila, elle ne va pas tarder à tout envoyer péter. »

Stone hocha la tête, pensif. « Merci pour le tuyau mec. Pourquoi pas ?

– Dînons ensemble avant la fin du Festival. Je file faire du lèche-bottes à ma prochaine réunion. » Cosimo tapa sur l'épaule de Stone. « Je suis soulagé de ne pas être en compétition cette année. À plus, frérot.

– À plus, mon pote.

Cosimo s'éloigna, pivota et lança : « La soirée Maffey se déroule au *Salon des Indépendants, rue Louis Perrissol*. Sheila passe à l'antenne. Ils sont forcément là-bas.

– Merci mec. »

. . .

Le café n'était qu'à quelques pâtés de maison. Stone arriva au bar en avance, il connaissait Cannes comme sa poche après des années passées à l'arpenter. La maîtresse d'hôtel le salua et lui demanda s'il voulait une table.

« Mademoiselle Maffey est ici ? » Stone s'exprimait calmement mais glissa tout de même un billet de cinquante euros à la jeune femme.

« Oui monsieur, il reste une table de libre juste à côté, » dit-elle en souriant.

« Parfait. » Il usa de son charme légendaire et lui fit un clin d'œil, elle ne savait plus où se mettre. Elle le conduisit à une table située en face de Sheila, qui, comme prédit par Cosimo, faisait passer un sale quart d'heure à un pauvre journaliste.

Stone s'installa et regarda nonchalamment dans sa direction. Il n'avait d'yeux que pour Sheila, magnifique en blanc, ses cheveux bruns étaient relevés en chignon, son élégance naturelle, rehaussée par des bijoux discrets mais néanmoins inestimables. Sheila portait pour deux millions de dollars de bijoux au bas mot, estima Stone, en homme avisé. Il réprima un sourire. Sheila incarnait la classe et l'élégance, n'était-ce pas un peu exagéré pour une réunion *matinale* ? Elle était maligne ; Stone devait avouer qu'elle savait s'y prendre pour impressionner son monde.

Son attention fut attirée par la jeune femme assise à ses côtés, il était estomaqué.

La peau couleur caramel, de longs cheveux bruns noués en un chignon lâche tombant dans son cou. D'immenses yeux sombres expressifs, des lèvres roses, un visage poupin, elle faisait plus jeune que son âge. Stone avait le souffle coupé et manqua défaillir. Elle était d'une beauté sauvage, pas comme les actrices qu'il fréquentait – elle n'était pas maquillée – elle était naturelle, authentique. Et infiniment triste.

Stone la dévisageait, elle leva les yeux et croisa son regard, le temps suspendit son vol. Ses joues s'empourprèrent, elle se détourna. *Attrapé,* pensa-t-il, à regret. Elle n'était pas du genre à se laisser mettre le grappin dessus.

La jeune femme le regarda et le reconnut, les yeux brillants. Elle jeta un coup d'œil à Sheila, en pleine diatribe, et se leva subitement. « L'interview est terminée. Point final. »

Sheila et le journaliste étaient perplexes, Stone souriait, c'était plus fort que lui. Cette fille l'avait reconnu, lui et son manège, elle ne faisait que son travail, protéger sa cliente. Il la contempla discuter tranquillement avec Sheila, qui levait les yeux au ciel. Stone la salua, Sheila déconcertée, éclata de rire.

« Bon sang, Stone Vanderberg. J'aurais dû m'en douter. »

Sheila, qui souhaitait visiblement lui parler, s'apprêtait à quitter le bar en compagnie de son chaperon et du journaliste, au grand désespoir de Stone qui devrait laisser filer la belle étrangère. Sheila, sublime avec sa peau d'ébène, le dévisagea. Ils étaient sortis ensemble voilà quelques années mais Sheila était encore plus phobique de l'engagement que lui.

Stone l'embrassa sur la joue. « Sheila, quel plaisir de te revoir.

– J'aimerais pouvoir en dire autant. Tu vas me violer sur place ? Je m'en fiche, soit dit en passant, mais j'aurais de bonnes raisons de me plaindre cette fois-ci.

– Non, je venais simplement te saluer. Cosimo m'a dit que je te trouverais ici. Et cerise sur le gâteau, on assiste à la même réunion. »

Elle se radoucit. « Super. »

Stone désigna son accompagnatrice. « Le studio surveille tes faits et gestes ? »

Sheila était surprise. « Hein ? Non, au contraire. C'est une stagiaire en droit, spécialiste des droits de l'homme. Elle s'imagine que me soutenir dans ma campagne donnera du poids à son cv. Elle est jeune mais tenace.

« Ah bon ? »

Sheila sourit. « Elle s'appelle Nanouk, mais bas les pattes, Vanderberg. Elle est trop bien pour toi, espèce de salaud. »

Stone éclata de rire, pas vexé pour deux sous. « Elles sont toujours trop bien pour moi, Sheila. Allez viens, je t'invite à déjeuner. »

. . .

NANOUK SONGBIRD POSA son ordinateur dans sa petite chambre d'hôtel et se vautra sur le lit. Elle détestait Cannes et sa foule. Elle aurait dû y être habituée, vivant à New York, mais tout ce monde agglutiné dans cette petite ville balnéaire, pour un seul et même motif, l'étouffait.

Sans compter l'agaçant Stone Vanderberg. Elle savait tout de lui, bien évidemment : le fameux journaliste milliardaire, un des fils de la puissante famille Vanderberg. Ils étaient originaires de New York, d'Oyster Bay plus précisément, à Long Island. Elle avait grandi au même endroit, à l'autre bout de la ville, dans une petite maison en bois avec Etta, sa sœur, âgée de dix-huit ans, c'est elle qui avait élevée Nan, alors âgée de douze ans, au décès de leurs parents dans un accident de voiture. Nan était désorientée, se sentait seule, mais elle adorait sa sœur, elles étaient heureuses.

Etta avait été violée en rentrant chez elle un soir, en sortant de la bibliothèque municipale. Incapable de surmonter le traumatisme, Nan l'avait retrouvée morte quelques semaines plus tard en sortant de l'école, sa sœur avait absorbé une dose massive de tranquillisants. Elle avait laissé un mot.

Ne m'en veux pas poussin mais j'y arrive pas. Prends ton envol, je t'aime sœurette.

Nan s'était retrouvée seule, groggy. Elle avait passé son bac en pilotage automatique, avait obtenu seize de moyenne et s'était inscrite à l'université. Elle avait décroché une bourse en droit pour Harvard. C'est là qu'elle avait rencontré Raoul, son meilleur ami – un Juif super sympa issu d'une famille aisée – il l'avait adorée dès le premier regard. Raoul était ouvertement gay, Nan se sentait en sécurité avec lui. Le traumatisme provoqué par le viol d'Etta ne la quittait pas, elle s'était fait de nouveaux amis mais évitait de sortir avec des garçons, au désespoir de ses camarades, attirés par sa peau couleur de miel. Son père était un indien du Pendjab, sa mère indienne Shinnecock – ses origines conféraient à Nan une beauté exotique et racée, qui la contraignaient à repousser régulièrement les avances de nombreux admirateurs.

Elle avait gardé cette habitude. Elle se leva, retira son élégant tailleur qu'elle suspendit soigneusement. Elle adorait pouvoir enfin se détendre en jean et T-shirt, elle défit son chignon et lâcha ses cheveux. Sa chevelure épaisse et brillante aurait eu besoin d'une coupe plus adaptée à son profession – elle était toujours décoiffée – sa chevelure était son armure.

Elle se prépara une infusion et ouvrit la porte-fenêtre donnant sur le minuscule balcon. L'hôtel était en centre-ville. En se tordant le cou, on apercevait la mer. Peu importe. Elle s'installa dans un fauteuil et sirota son infusion. Elle savourait la quiétude, loin du bord de mer.

Nan songeait à Stone Vanderberg. Elle ne l'imaginait pas si... magnétique. *Oui, voilà.* Il était grand, il devait bien mesurer trente bons centimètres de plus qu'elle, son physique musclé faisait la une des magazines – même vêtu d'un simple jean et d'un pull, on l'aurait dit tout droit sorti d'une pub Abercrombie & Fitch.

Son regard bleu foncé lui donnait le frisson. À sa grande surprise, son sexe s'était contracté entre ses cuisses. Le coup de foudre ? Ou plutôt, songea-t-elle en souriant, un pur instinct primaire. Elle se demandait s'il baisait bien. Elle l'imaginait dominateur – et pour être franche, elle s'en fichait. Son côté macho, légèrement dangereux...

Stop. Elle se faisait des films, Stone Vanderberg ne s'intéresserait *jamais* à elle.

On frappa à la porte. Nan se leva en soupirant. Elle ouvrit, son cœur s'arrêta net. Duggan Smollett lui souriait, c'est lui qui représentait le studio à Cannes cette année. Nan se figea. Il la draguait depuis son arrivée, la mettait mal à l'aise. Il inspecta la pièce de ses petits yeux gris de fouine, le visage bouffi d'alcool, ravagé par la coke. Vu sa tête, il planait complet – il reniflait et s'essuyait le nez, pas d'erreur possible.

« Salut Nannynook.

Beurk. « Salut, Duggan, que puis-je pour toi ? » Elle adoptait un ton délibérément posé – se tenait bien droite, lui bloquant le passage. Il lui sourit.

« Je peux entrer ?

– J'ai envie de rester tranquille, Duggan. » Elle se fichait d'être impolie ; il n'entrerait pas. Elle ne bossait pas pour lui.

« Oh, ok. Je venais juste aux nouvelles. Comment s'est passée l'interview entre Sheila et *Time Out* ?

– Bien, r.a.s. Je t'ai envoyé un email à ce sujet. » *Tu l'as vu, mais t'as décidé de venir m'emmerder jusque dans ma chambre. Connard.*

Duggan sourit méchamment. « J'l'ai pas vu. Ok. La première a lieu ce soir, j'me d'mandais si ça te dirait de dîner avec moi. »

Même pas en rêve. « Désolée, Duggan, je dîne avec Sheila.

– Un autre soir, peut-être. »

Nan ne répondit pas. « Tu voulais autre chose ?

– Non, non, je passais, juste comme ça. Et bien... au revoir.

– Au revoir, Duggan. » Elle referma la porte avec une certaine satisfaction mais préféra mettre le verrou. Duggan était un prédateur accro à la coke. Mieux valait ne pas courir de risque.

Nan vit que Sheila lui avait envoyé un message.

Attention, Smollett la Fouine te cherche. Désolée ma belle. Toujours ok pour ce soir ? S, biz.

Nan sourit. Sheila était adorable. Elle appréciait cette actrice passionnée par l'art, engagée pour ses causes. Sheila n'était pas le genre de femme à s'asseoir et se taire. Elle ouvrait sa gueule, peu importe qu'on essaie de la bâillonner.

C'était l'une des personnes les plus gentilles que Nan ait rencontrées, elles avaient sympathisé sur le champ. Nan devait avouer que Sheila lui faisait énormément penser à Etta, ces deux femmes s'étaient métamorphosées en une seule. *Ne t'attache pas trop,* se dit-elle, *Sheila est peut-être une amie, mais tu es en mission.*

Nan regarda sa montre. La première avait lieu dans quelques heures. Elle commençait à ressentir les effets du décalage horaire, elle se blottit sous la couverture en vue d'une bonne sieste.

SON RÊVE COMMENÇAIT BIEN. Elle foulait un tapis rouge, une petite brise marine soufflait. Personne à l'horizon, un calme incroyable régnait. C'est alors qu'elle le vit – Stone Vanderberg. Il tendit sa main, qu'elle prit dans la sienne. Il l'attira dans ses bras et l'embrassa passionnément, ses lèvres étaient douces.

Il pivota autour d'elle en souriant et l'attira contre lui. Nan voyait Duggan foncer sur elle en ricanant d'un air mauvais. Elle paniquait mais Stone murmurait à son oreille « C'est rien ma chérie. La douleur sera fugace... »

Elle hurla lorsque Duggan la poignarda sans relâche...

Nan se réveilla, tremblante de peur.

2

CHAPITRE DEUX

Eliso Patini, la star de cinéma, sourit à sa petite amie allongée sur lui, en nage et hors d'haleine après l'amour. Il enroula une épaisse mèche de cheveux bouclés couleur de miel autour de son poing. « Tu sais que je t'aime, Beulah Tegan. »

Beulah sourit. « Ravie de l'apprendre. Allez, mon vieux ! On remet ça. »

Eliso éclata de rire. Beulah branlait sa verge en érection, il caressait doucement son corps voluptueux. Ils se fréquentaient depuis un an, Eliso était devenu un autre homme. Oui, c'était très cliché : une star de cinéma en couple avec un mannequin de *Sports Illustrated*, mais Beulah Tegan – une pure londonienne – ne se résumait pas à un beau visage et un corps à damner un saint. Elle était marrante, cultivée et par-dessus tout, gentille, Eliso était tombé amoureux d'elle au premier regard.

Eliso était unique en son genre, cet acteur fidèle ne couchait pas à droite et à gauche, bien que figurant régulièrement au Top Ten des « Hommes les Plus Séduisants du Monde ». Sa décontraction naturelle cachait un acteur talentueux, son auditoire passait du rire aux larmes en un clin d'œil.

Les femmes étaient attirées par ses boucles brunes, ses grands yeux verts expressifs et ses prouesses au lit légendaires, mais Eliso attendait la femme de sa vie depuis longtemps et n'était pas adepte des coups d'un soir. Le destin avait joué en sa faveur lorsque voilà un an, assis à côté de Beulah lors d'un défilé de mode, il découvrit que la mode et les personnes insipides à souhait la barbaient autant que lui, il savait qu'il venait de trouver son âme-sœur.

Beulah le chevaucha et s'empala en gémissant sur sa verge. « Oh mon Dieu, t'es énorme, je te jure, ta bite grossit de jour en jour. Putain, c'est bon. »

Elle le chevauchait, s'enfonçait plus profondément. Il caressait son ventre plat, palpait ses seins lourds en la regardant. Ses cheveux roux tombaient en cascade sur ses épaules, Eliso se demanda s'il avait déjà vu femme plus merveilleuse. Beulah lui sourit. « T'as l'air tout chose.

– Tu veux m'épouser ?

Beulah éclata de rire. « Comment ça se fait que tu me demandes ça en pleine baise ?

– Parce que je suis sincère. Épouse-moi. »

Beulah secoua la tête. « Pas tout de suite beau gosse. On est déjà occupés avec nos carrières respectives.

– Ma carrière peut aller se faire foutre.

– Je préférerais me faire foutre par ta grosse bite. De plus, je ne pourrais pas t'empêcher de fréquenter tes chères fans et sérieusement, Eli, t'es sur un coup énorme. Comme moi, » elle gloussa, « je suis *en plein* sur un truc énorme. »

Elle accéléra l'allure, sa chatte se contractait sur sa verge, Eliso gémit en éjaculant, de grosses giclées de sperme chaud inondaient son vagin. Beulah jouit en poussant un long gémissement de plaisir. Tandis qu'ils reprenaient leur souffle, Beulah se retira, s'allongea contre lui et caressa son visage. « Je t'aime *énormément* Eli. Mais terminons ce qu'on a commencé avant de passer aux choses sérieuses. Nous pourrons ensuite fonder une famille sans regrets.

– T'es une nana intelligente.

– Je ne t'apprends rien. »

Eliso regarda l'heure. « À quelle heure doit-on retrouver Stone ?

– À la première. Ne fais pas cette tête, on doit assister à la première – tu l'as promis à ton agent. Si tu prends la pause comme un gentil garçon, je te taillerai une pipe aux toilettes.

Eliso éclata de rire – Beulah tout craché. Elle ne prenait jamais de gants. « Marché conclu. »

Eblouis par les lumières, Eliso et Beulah firent leur travail, ils souriaient à la caméra et s'embrassaient sur demande. Ils poursuivirent leur petite conversation privée durant toute la soirée, se moquant des paparazzi, se murmurant des trucs cochons à l'oreille.

Enfin, Beulah tint sa promesse au *Palais des Festivals et des Congrès,* elle lui fit une fellation aux toilettes, ils n'arrêtaient pas de gigoter et rigoler, puis, Eliso la baisa et l'embrassa passionnément contre le carrelage froid.

Ils finirent par retourner dans l'auditorium. Eliso aperçut Stone et se dirigea vers lui, Beulah à son bras. Les deux hommes tombèrent dans les bras l'un de l'autre. « Salut mon pote. » Stone salua son ami, Eliso lui présenta Beulah, qui le dévisagea de la tête aux pieds.

« Ouais, pas mal, » dit-elle avec son pur accent cockney qui fit rigoler Stone.

« Ravi de vous plaire. Comment ça se fait que tu ne nous aies pas présentés avant ? »

Eliso était gêné. « Désolé mon pote, je sais que ça fait longtemps. Le temps passe trop vite. »

Stone sourit. « Mais non, allons voir ce truc, on ira boire un coup après.

– Effectivement, » dit Beulah à Eliso, « il me plaît bien celui-là. »

Ils éclatèrent de rire et partirent en quête de leurs sièges.

STONE S'INSTALLA à côté de ses amis et discuta avec eux jusqu'à l'extinction des feux. Le directeur venait de monter sur scène pour présenter le film lorsqu'on entendit un brouhaha près de la porte, Sheila Maffey entra, souriante, en s'excusant auprès du directeur, qui accueillit son interruption de bonne grâce.

Sheila salua et trouva son siège, Stone aperçut Nan derrière elle, rouge de honte, si elle avait pu, elle aurait disparu six pieds sous terre. Elle leva les yeux avant de s'asseoir et croisa son regard. Elle rougit de plus belle et se dépêcha de prendre place, hors de sa ligne de mire. Stone avait le sourire. Il savait que Sheila assisterait à la soirée après le film, il espérait que sa charmante chaperonne l'accompagnerait. Il ferait en sorte d'aller se présenter.

PLUS FACILE À dire qu'à faire. Nan eut le chic pour rester à l'écart des feux de la rampe durant la soirée. Contrarié, Stone la chercha parmi les convives mais ne la trouva nulle part. Beulah s'excusa et se rendit aux toilettes, Stone, souriant, contemplait Eliso qui la suivait du regard. « T'es amoureux. »

Eliso hocha la tête. « J'avoue. Je suis foutu, c'est la femme de ma vie. » Il rit et observa son ami. « Et toi ? »

Stone haussa les épaules. « Je suis sur une piste... enfin je crois. J'en sais rien. J'ai pas encore parlé à la fille qui m'intéresse. »

Eliso était stupéfait. « Comment ? Stone Vanderberg a flashé ? »

Stone marmonna. « J'irais pas jusque là – disons qu'elle me plaît.

– Elle est ici ?

– Je pense. C'est l'avocate du studio, avec Sheila. »

Eliso hocha la tête. « Oh, la fille qui a failli mourir de honte ?

– Celle-là même.

Eliso hocha la tête d'un air entendu. « Elle est superbe. Fonce, mec. Toi aussi t'as droit à ta Beulah. »

Stone se mit à rire. « Oui, je pense pas que ça se fera d'un simple coup de baguette magique mais j'apprécie ton optimisme.

– Tout arrive mec. 'La femme de ta vie.' Ça existe.

– Si tu le dis. »

IL L'APERÇUT PEU avant minuit. Assise sur la terrasse, cachée derrière un palmier, elle avait dénoué ses longs cheveux et enlevé ses talons. Elle s'appuyait contre la pierre froide, les yeux clos. La nuit était fraîche, un petit air marin soufflait. Stone essaya de ne pas se concentrer sur ses tétons pointant sous sa robe bordeaux.

« Bonsoir. »

Elle ouvrit les yeux et rougit en beauté. « Bonsoir. »

Stone lui tendit la main. « Stone Vanderberg. »

Petit sourire. « Vous ne m'êtes pas inconnu, M. Vanderberg. » Elle se leva et lui serra la main. Elle était toute menue. « Nanouk Songbird.

– Bonsoir, Nanouk. Joli prénom. »

Elle acquiesça – on le lui avait forcément déjà dit, il maudissait son manque d'originalité. « Je suppose que vous saviez qui j'étais lorsque vous avez interrompu l'interview de Sheila. Soyez rassurée. Je n'ai rien entendu. Absolument rien.

– Merci, j'apprécie. Je suis certaine que Sheila ne verrait aucune objection à ce que vous écriviez un article soutenant sa campagne. »

Stone sourit. « Et le studio ? »

Nan se contenta de sourire sans répondre, Stone aimait vraiment bien cette femme avec son petit côté rebelle. « Vous vous amusez bien ?

– Pour être franche, je n'aime pas les fêtes. Y'a trop de monde.

– D'où venez-vous ? »

Elle rit, son visage s'éclaira. « De New York. »

Stone était perplexe. « Trop de monde... ici ? »

– Oui, je sais, c'était de l'ironie. Mais au moins, à New York, on vous ignore. Ici, tout le monde vous regarde. » Elle frissonna, l'espèce d'un instant, Stone décela de la tristesse dans ses yeux. Nan se racla la gorge et secoua la tête pour refouler ses émotions. Elle l'observait. « Nous avons un point commun.

– Vraiment ?

– Oyster Bay. »

Stone était surpris et enchanté à la fois. « Vous êtes de là-bas ? »

Nan hocha la tête. « J'y habite. »

Stone sourit. « Je n'y vais pas aussi souvent que je le voudrais. Je devrais peut-être, » dit-il avec nonchalance, guettant sa réaction.

« Nan ? »

Merde. Merde. Merde. Stone se retourna, Sheila leur fonçait dessus. Etait-ce le fruit de son imagination ou Nan sembla, elle aussi, quelque peu agacée par cette interruption ? Elle arborait un sourire chaleureux. « Bonsoir, Sheila. Vous avez besoin de quelque chose ?

– Non ma chérie, je venais juste vous souhaiter bonne nuit. » Sheila contempla Stone. « Je t'avais pas demandé de rester au large, Vanderberg ? » Elle éclata de rire et embrassa Nan sur la joue. « La soirée ne fait que commencer. Amusez-vous bien tous les deux. » Elle fit un clin d'œil à Stone et s'éloigna.

Le téléphone de Nan bipa, elle soupira et vérifia de qui il s'agissait. « Zut, quoi encore ? » elle grommela et poussa un gémissement. « Bon sang. » Elle regarda Stone, une pointe de regret se lisait dans son regard. « M. Vanderberg, je suis désolée, veuillez m'excuser. C'est l'après-midi à Los Angeles, mon patron a besoin de moi. Ravie d'avoir fait votre connaissance.

« Moi de même. Au fait, moi, c'est Stone. »

Elle serra sa main, qu'il garda dans la sienne plus longtemps que prévu. « ... et moi Nan. Au revoir... Stone.

– Au revoir, Nan. »

Son parfum, le jasmin, l'enveloppait tandis qu'elle ramassait ses chaussures et s'en allait. Il avait envie de prendre sa main, l'attirer dans ses bras et embrasser ses lèvres sublimes. Oui. Il était sous le charme. Il voulait faire la connaissance de Nan Songbird. Il ne serait pas satisfait tant qu'elle ne serait pas nue dans son lit, et hurlerait de plaisir pendant qu'il la baiserait et la ferait jouir.

Nan arpenta le couloir menant à sa chambre d'hôtel sans faire attention. Elle était en train de lire ses messages mais n'en avait lu aucun à proprement parler. Elle repensait à la main de Stone Vanderberg dans la sienne, à sa peau. Son regard l'excitait, elle avait dû faire preuve de self-control pour ne pas se jeter sur son corps viril. Dieu qu'il était splendide.

Elle chercha sa clé magnétique dans son sac et sentit des bras se refermer sur sa taille. « Oui ma chérie, c'est mieux comme ça. »

Duggan. Elle se débattit mais il ne la lâchait pas, prit sa clé, ouvrit la porte, la poussa et la claqua derrière lui.

Son instinct de survie prenait le dessus, Nan slalomait dans la pièce. Duggan faisait deux fois sa taille. « Fous le camp ! » dit-elle d'une voix ferme, il n'en fit rien, la prit dans ses bras et l'attira vers la chambre. Il tira brutalement sur sa robe, Nan sentit le tissu se déchirer. *Non. Il ne m'aura pas.*

Elle enfonça ses pouces de toutes ses forces dans les yeux de Duggan, passa ses doigts autour de sa tête et y planta ses ongles le plus violemment possible. Duggan poussa un hurlement de douleur et essaya de s'en défaire mais Nan, sinistre, les enfonça d'autant plus.

« Lâche-moi fils de pute, sinon je t'éborgne ! Immédiatement. Tout de suite. »

Duggan lâcha prise. Nan le poussa violemment vers la porte en le tenant fermement. « Ouvre la porte Duggan.

– J'y vois rien, salope.

– Cherche, » cracha-t-elle, « t'as l'air très doué de tes mains. T'as qu'à *palper* la poignée, connard. »

Duggan ouvrit la porte, Nan le poussa dans le couloir. Il lui asséna un violent coup de poing dans le ventre lorsqu'elle le lâcha. Elle vacilla en maugréant, elle entendit crier tandis qu'il lui sautait à nouveau dessus, deux immenses athlètes surgirent et traînèrent Duggan dans le couloir. La femme qui paraissait les accompagner vint à son secours. « Ça va ? »

NAN SECOUA LA TÊTE. « Ce salaud a voulu me violer. »

Duggan se débattait mais drogué comme il était, ne faisait pas le poids face à ses ravisseurs. La femme emmena Nan dans sa chambre et contacta le directeur de l'hôtel.

Ils emmenèrent Duggan, le directeur de l'hôtel se confondit en excuses, Nan contacta son patron à Los Angeles et lui raconta ce qui s'était passé. Il était scandalisé. « Nan, je suis sincèrement désolé. » Il marqua une pause. « Voulez-vous déposer plainte ? »

Nan soupira. Elle savait parfaitement où Clive voulait en venir. Le studio préférait éviter un scandale, ils avaient des films en compétition. « Non. Non, mais je veux être sûre que Duggan sera poursuivi et je veux changer d'hôtel. Je ne me sens pas en sécurité ici. »

Soulagé, Clive lui dit qu'il la rappellerait, une heure après, elle emménageait dans la suite Grace Kelly au Carlton. Nan était quelque peu dépassée mais le directeur de l'hôtel la rassura. « Mademoiselle Bellucci a quitté la suite ce matin, Mademoiselle Songbird. »

Nan se demanda combien le studio avait déboursé pour obtenir cette chambre, quelqu'un avait forcément dû céder sa place. Mais elle s'en fichait. Oui, ils payaient pour son silence mais elle était désormais en sécurité, loin de Duggan. Clive lui apprit que l'homme avait été viré. « On ne plaisante pas avec les agressions sexuelles, Nan. Si vous avez besoin de quoi que ce soit – dites-le. »

Nan était ravie d'être hors de portée de Duggan. Vu la quantité de VIP séjournant au palace, le Carlton assurait ses arrières avec un service de sécurité au top. Sa suite était incroyable – le luxe à l'état pur, du jamais vu pour Nan, sa liberté n'avait pas de prix. Elle sortit sur le balcon ; la vue était panoramique. Elle regarda sa montre ; il était presque quatre heures du matin, elle devait se lever à sept heures pour rejoindre Sheila.

Nan sentit l'épuisement la gagner. Elle se doucha rapidement, prépara ses vêtements pour le lendemain, mit son réveil, se jeta sur le lit et dormit d'un sommeil troublé.

CHAPITRE TROIS

S tone n'arrivait pas s'enlever Nan Songbird de la tête. Satanée Sheila qui les avait interrompus, maudit soit son patron qui l'avait appelée. Y'avait un truc entre eux bon sang, sans ces interruptions, il se serait réveillé auprès d'une femme sublime, et non pas seul.

Nan n'était certainement pas différente des femmes avec lesquelles il couchait habituellement. Il ne voulait pas s'engager – pas maintenant.

Mais Nan le hantait. Stone était bien déterminé à se la faire avant son départ... c'est juste que... il ne savait pas s'il pourrait l'oublier, une fois parti. *Bon sang, c'est juste une nana de plus,* se dit-il. Il se leva et alla s'entraîner, se défoncer sur le tapis de course histoire d'évacuer un trop-plein de tension. Son article touchait à sa fin ; il le terminerait aujourd'hui et passerait son temps à faire de la muscu jusqu'à la fin du festival.

Il tomba sur Eliso et Beulah au Grand Salon pour le petit déjeuner, ils lui apprirent qu'ils partaient le lendemain. « Eli veut me faire visiter l'Italie... et rencontrer ses parents. J'ai la trouille. » Beulah n'avait pas l'air effrayée le moins du monde, Eliso lui sourit.

« Ils vont t'adorer. »

Stone sourit aux tourtereaux, un bref instant, il se sentit étrangement seul. Il avait mis un point d'honneur à éviter tout engagement depuis si longtemps que voir Eliso, son meilleur ami, son allié de toujours, amoureux et fou de bonheur, lui rappelait amèrement que lui, Stone, était seul comme les pierres. Il n'avait *jamais* vécu ça.

Du coin de l'œil, il aperçut Nan Songbird entrer timidement au restaurant et regarder nerveusement autour. Stone la vit hésiter, ne sachant si elle devait rester ou partir.

« Excusez-moi. » Il se leva et la rejoignit, heureux de lire soulagement évident dans son regard, enfin une personne connue. « Bonjour Nan, tout va bien ? »

Elle lui souriait. Dieu du ciel, elle était ravissante. « Oui, je vous remercie. C'est juste que... c'est la première fois que j'entre dans ce restaurant.

– Vous vous joignez à nous ? » dit-il en indiquant la table d'Eliso et Beulah. Beulah sourit à Nan, Eliso la salua. Nan rougit et leur sourit en retour.

« Je vous remercie mais non, j'attends un ami... le voilà. En retard, comme d'habitude. » Nan sourit à Stone en guise d'excuse. « Merci en tout cas. C'était un plaisir de vous revoir. »

Stone effleura sa joue du bout du doigt. « C'est réciproque. »

Nan sourit en rougissant et s'éloigna quelque peu maladroitement.

Elle rejoignit et salua chaleureusement un homme sympathique en costume gris. Stone ressentait une pointe de jalousie, bien que n'ayant aucun droit sur elle, il comprit bien vite, à en juger par le langage corporel de Nan et son ami, qu'il n'y avait strictement rien de sexuel entre eux.

Stone regagna sa table et dut répondre aux questions de ses amis. « C'est elle ? » demanda Beulah, savourant visiblement la gêne de Stone. « Elle est sublime mec, et je peux te dire que tu lui plais.

– Tu le vois à dix mètres ? » ricana Eliso en s'adressant à sa petite amie.

Beulah lui tira la langue. « Les *femmes* le sentent. » Elle observa Stone, un grand sourire aux lèvres. « Elle te plait.

– Je ne la connais pas mais oui, » avoua-t-il à Eliso, choqué et Beulah, bavarde comme une pie, « elle m'intrigue. »

– Oui, je suis sûre que toi aussi, tu 'l'intrigues' – nuit et jour. »

Stone sourit. « Toi, je t'adore, » dit-il à Beulah, « Enfuie-toi avec moi. »

– Laisse-moi juste me débarrasser de ce vieillard. »

Eliso haussa calmement les épaules. « Je tiens à préciser que Stone n'a que quinze jours de plus que moi, je m'en tiendrai là. »

Beulah poussa un soupir exagéré. « La différence réside forcément dans la taille de la bite. À poil, les mecs. »

Stone et Eliso firent mine de dégrafer leurs pantalons, Beulah éclata d'un rire gras. Les clients se retournèrent avec agacement mais oublièrent bien vite cette table bruyante en voyant cette femme sublime.

Nan souriante, s'assit au soleil avec Raoul. « Bon sang tu m'as manqué, Owl. Avec tous ces maudits acteurs et actrices... un mec chiant et ennuyeux comme toi ça fait un bien fou.

– Oh, ha, espèce de salope, » répondit Raoul en rigolant, sachant qu'elle l'asticotait. « Alors quoi d'neuf ? T'as passé le cap de la cinquantaine ! Regardez-moi un peu ces pieds fourchus. Tes pare-chocs sont vachement tombés ma p'tite, » en indiquant sa poitrine ferme et entièrement naturelle.

Nan gloussa. Elle adorait cet homme. Elle avait rencontré Raoul en fac de Droit, ils étaient rapidement devenus inséparables. Raoul était son meilleur ami, son confident, son frère. Il était issu d'une famille d'avocats aisés originaires de New York, en grandissant, sa carrière semblait tracée d'avance. À la barre, c'était un avocat de la défense impitoyable, les témoins subissaient un interrogatoire poussé, jusqu'à ce qu'ils cèdent. Une fois les portes de la cour franchies, il était marrant et adorable. À la recherche du Prince Charmant, la vie sentimentale 'tragique' de Nan le désespérait. « Si seulement j'étais hétéro, Nook.

« Si seulement. »

Il la questionna à propos de Stone. « Alors, il te plaît ? »

Nan était stupéfaite. "Écoute mec, on n'a pas échangé plus d'une phrase.

– Nook, arrête de mentir. T'es toute *excitée*. J'avais plus vu cette étincelle dans tes yeux depuis le marathon Keanu Reeves au Majestic, à la fac.

– Ça compte pas, » répondit Nan en éludant la question. « Personne ne résiste à Keanu.

– Exact mais revenons-en à Vanderberg Grosse Bite. Il paraît qu'il est bien *monté* tu sais, alors, puisqu'on est à Cannes...

– T'es un vrai maquereau. Et si tu te lançais dans le marché du sexe ? »

Raoul sourit. « Ok si tu t'allonges à l'horizontale... » Son sourire s'évanouit. « Nook ? »

Nan pâlit et se mit à trembler. Raoul regarda dans la direction qu'elle ne quittait pas des yeux. Un homme l'observait, il était tout, sauf amical. Il la dévisagea méchamment, tourna les talons et partit.

« C'est qui ce mec ? »

Nan grimaça légèrement. « Duggan Smollett. Du studio. » Elle contempla ses mains. « Il a essayé de me violer hier soir.

– C'est quoi c'bordel ? » Raoul entra dans une colère noire et se leva à demi de sa chaise, Nan le fit rasseoir.

« C'est réglé, Owl, assieds-toi, on nous regarde. »

Raoul était fort mécontent. « Ce qui explique la suite Grace Kelly. C'est le studio ?

« Oui. Écoute, je vais bien. Contacter la police ne ferait qu'aggraver les choses, je préfère m'en passer. »

Raoul soupira. « Bon sang, Nan...

– Je sais. Changeons de sujet, veux-tu ? Comment va ton père ? »

– Il va bien. Au fait, je suis ici en tant qu'agent double. »

Nan lui sourit. « Moi qui t'imaginais aux trousses de Chris Hemsworth."

– Oh, oui, ça va de soi, *évidemment*, » Raoul éclata de rire. Il se pencha, les yeux brillants. « J'ai mieux encore... Sarah Lund quitte le cabinet dans six mois, elle prend sa retraite. Un poste d'associé se libère.

– Et Sarah Lund est...

– Pénaliste. Avocat de la défense. Ça t'intéresse ? »

Nan était ivre de joie. « Tu plaisantes ? Bien sûr que oui ! Bon sang Raoul... ton père est sûr de lui ? Enfin, j'ai pas une grande expérience au pénal mais bon sang, j'en rêve depuis que j'ai eu mon diplôme.

– Je sais, lui aussi. Tu travailleras avec lui au départ pour acquérir l'expérience nécessaire, ou, comme il aime à le dire, te mettre en confiance. Il croit en toi, Nook. Et moi aussi. »

Nan était au bord des larmes. Alan Elizondo était l'un des avocats de la défense les plus talentueux et les plus côtés de New York. Il menait sa barque entouré d'une cohorte d'avocats triés sur le volet, les jeunes avocats n'avaient pratiquement aucune chance d'entrer dans son cabinet. Il avait pensé à *elle*...

« Mon Dieu, Raoul, je sais pas quoi dire. »

Raoul avait le sourire jusqu'aux oreilles. « Oui. Tu dis oui. Tu en rêves depuis toujours. Tu passes du monde du cinéma au droit pénal. Félicitations, Nook, tu le mérites. »

Nan était toujours sur son petit nuage lorsqu'elle rejoignit Sheila afin de planifier l'emploi du temps des jours prochains. Sheila remarqua la bonne humeur de la jeune femme et lui demanda la raison. Nan évoqua son futur poste.

« Vous allez me manquer mais je sais que c'est ce à quoi vous aspirez, Nan. Je suis très contente pour vous. » Elle serra Nan dans ses bras. « Promettez-moi qu'on restera amies.

– Comptez sur moi, » répondit Nan en souriant. Elle prit le thé avec Sheila et rentra au Carlton, Sheila ayant un rendez-vous. Elle pourrait dormir deux bonnes heures, dîner léger et se balader en bord de mer ? Elle se sentirait en sécurité, noyée dans la foule. Elle avait sa soirée, et était bien déterminée à ce que Duggan Smollett ne la gâche pas.

Elle avait appuyé sur le bouton correspondant à son étage lorsque les portes de l'ascenseur s'ouvrirent pour laisser monter Stone Vanderberg. Son cœur s'emballa. « Bonsoir.

– Bonsoir. On se court après, » dit-il d'une voix grave, son sexe palpitait de désir.

« Apparemment. Merci pour votre invitation tout à l'heure — c'était très aimable de votre part.

– Je vous en prie. » Il ne la quittait pas des yeux. « Vous avez apprécié votre déjeuner ?

– Oui, je vous remercie. »

La tension était difficilement supportable. Nan respirait rapidement. Ils s'observaient, Stone s'approcha et pencha la tête vers elle. Sa bouche n'était qu'à quelques centimètres de la sienne lorsque les portes de l'ascenseur s'ouvrirent et qu'une flopée de clients monta en bavardant. Sous la pression de la foule, Nan et Stone se retrouvèrent plaqués au fond. Nan ne pouvait détourner les yeux de ce corps pressé contre le sien, de ce regard bleu marine qui ne la quittait pas. Il aurait pu lui faire ce qu'il voulait, mais son cœur faillit s'arrêter devant son geste.

Il lui prit la main. Il entrelaçait ses doigts aux siens, rien de plus. Il ne pressa pas son sexe contre elle, ne fit pas de gestes obscènes – d'autres *avaient* déjà essayé d'en profiter en se retrouvant dans un espace confiné avec elle. Stone Vanderberg prit et *tint* la main d'une Nan abasourdie.

Il semblait impossible que chacun regagne bien sagement sa suite, lorsque l'ascenseur arriverait au septième. Une fois en haut, Stone la fit sortir sans lâcher sa main. Nan marchait comme dans un rêve, un rêve interrompu au bout de quelques secondes, on l'appelait.

Non. Non, va-t'en... « Mademoiselle Songbird ? Mademoiselle Songbird ? Message urgent pour vous de la part de Mademoiselle Maffey. »

Nan et Stone s'arrêtèrent, Nan avait envie de hurler. Stone était visiblement mécontent lorsque le porteur lui remit le message et partit. Nan lut le mot en soupirant et regarda Stone. « Sheila a une interview imprévue avec Jay McInerney. Elle me demande. Je suis sincèrement désolée. »

Stone lui sourit... *mon dieu, ce sourire...* il caressa sa joue. « Aucun problème. On dîne ensemble plus tard ? »

Nan hocha la tête. « Et si vous me rejoigniez à ce restaurant ? »
Elle lui montra le mot.

« Le *Rue du Suquet* ? Parfait. » Il caressa sa joue en hésitant. « J'ai
une envie folle de vous embrasser, Nan Songbird, mais je crains de ne
pouvoir m'arrêter... et j'ai pas envie que vous vous fassiez virer. »

Nan rit doucement. « Vous pensez à tout, Stone Vanderberg.

– Effectivement. Vingt-deux heures ?

– Entendu. »

Elle prit un taxi, souriante et excitée comme une puce, direction
Rue du Suquet. Elle entra dans le restaurant et demanda Sheila. Le
maître d'hôtel était perplexe. « Mademoiselle Maffey serait ici ? Un
instant, je vous prie, Mademoiselle. »

Il revint au bout d'un moment. « Je suis désolé, Mademoiselle.
Mlle Maffey n'est pas ici. »

Nan fronça les sourcils et sortit le message de son sac pour vérifier. Elle regarda l'homme d'un air confus. « Je suis désolée, elle a
peut-être réservé sous M. McInerney ? Jay McInerney ? »

L'homme était gêné. « Non, je regrette. »

Nan hocha la tête, le rouge lui montait aux joues. *C'est quoi
c'bordel ?* « Peu importe. Pardon de vous avoir dérangé. Mais... tant
que j'y suis, auriez-vous une table de disponible pour vingt-deux
heures ? »

Le maître d'hôtel arborait un air incertain, Nan, se sentant
coupable, décida de jouer son va-tout. « Pour M. Vanderberg. Stone
Vanderberg. »

Le visage du maître d'hôtel s'éclaira et se fendit d'un sourire.
« Absolument, c'est un vieil ami. Une table pour... ?

– Deux, s'il vous plaît. Dans un box, si possible. » Le nom était
lâché, autant continuer.

« Bien entendu. » Le maître d'hôtel la regardait désormais avec un
certain respect, Nan réprima un sourire. Oh, la vie de milliardaire.
Stone n'y verrait certainement pas d'inconvénient.

Nan consulta sa montre. Presque vingt-et-une heures. Elle se
maudissait de ne pas avoir pris le numéro de Stone, elle appela

Sheila au bar d'en face. Sur messagerie. Elle était perplexe. *Que se passait-il ?*

Nan soupira. Elle avait le temps de boire un verre et se détendre avant son rendez-vous avec Stone. Elle commanda un Martini et s'assit.

Stone avait le sourire en descendant au bar du Carlton. Il s'assit au bar, l'homme qui avait déjeuné avec Nan était là, il se présenta. Raoul Elizondo lui sourit.

« Ravi de faire votre connaissance, M. Vanderberg.

– Tout le plaisir est pour moi, appelez-moi Stone. Nous avons une amie commune. »

Raoul hocha la tête, le regard pétillant. « Ah. »

Stone sourit. « C'est si flagrant que ça ?

– Que Nanouk vous plaît ? Oui, et c'est réciproque.

– Excusez ma prétention.

– Mais non, je vous comprends. Nan et moi sommes amis depuis la fac, c'est la première fois que je vois cette lueur dans ses yeux. Excusez-moi, » Raoul éclata de rire alors que Stone haussait les sourcils, « soyons francs, je ne vais pas y aller par quatre chemins. Elle vous plaît, vous lui plaisez – l'affaire est dans le sac. Je vous demanderais simplement de ne pas la faire souffrir, bla, bla. »

Stone aimait décidément ce type. « Nan sait choisir ses amis. »

Raoul leva son verre. « Merci. » Il eut un sourire hésitant. « Je suis simplement reconnaissant qu'elle ait quelqu'un pour veiller sur elle. Je dois partir demain matin et avec ce Smollett dans les parages... »

Le cœur de Stone s'arrêta. « Qui ça ? »

Raoul hésita. « Elle va me tuer si jamais elle apprend que je vous en ai parlé... » Il lui parla de la tentative de viol de Smollett. « Il a été renvoyé du studio, mais j'ai peur qu'il s'en prenne à elle. »

Mon Dieu. « Elle ne m'en a pas parlé, mais il est vrai que nous venons à peine de nous rencontrer. Je veillerai sur elle, n'ayez crainte.

– Désolé de vous refiler le bébé.

– Merci de m'en avoir parlé, franchement. Je... » Stone s'arrêta net en voyant Sheila Maffey entrer au bar. L'espace d'un instant, il s'attendit à voir Nan, Sheila l'aperçut et vint le saluer, son cœur battait la chamade. Une sensation de malaise s'empara de lui. « Bonjour, Sheila... Nan est avec toi ? »

Sheila le regarda, l'air perplexe. « Nan ? Non. Pourquoi ? »

Stone comprit immédiatement, il poussa un juron et se leva. Sa réaction dérouta Raoul, qui comprit que quelque chose clochait. « Que se passe-t-il ?

– Nan a reçu un message pour te rejoindre au restaurant *Rue du Suquet*. Je crains que ce soit un piège.

– Oh, non ! Smollett ?

– Il réclame vengeance.

– Mon Dieu... allons-y.

CHAPITRE QUATRE

Nan ne remarquait pas les messages qui s'affichaient sur son téléphone jusqu'à ce qu'elle retourne dans la rue. Alors qu'elle passa devant l'entrée d'une allée, des bras vigoureux l'attrapèrent, une main se plaqua sur sa bouche. « Un seul mot, un seul cri et je te bute salope."

Oh mon Dieu non... Duggan. Il l'entraîna au fond de la ruelle sombre, s'arrêta derrière un conteneur et la plaqua contre le mur. Nan était paralysée, terrifiée, elle n'arrivait plus à respirer. Elle sentait quelque chose contre son ventre – une arme ? Duggan était rouge de colère. « Tu m'as fait virer. »

Nan déglutit péniblement. « *Tu* t'es fait virer, Duggan. Estime-toi heureux que j'ai pas appelé les flics. »

Il lui rit au nez. « T'auras du mal à témoigner quand tu s'ras morte ma jolie. »

Elle sentait le couteau pointé sur son ventre. « Si tu me tues, tu prendras perpète. Tout le monde est au courant, Duggan.

– Ils ne penseront pas à la préméditation. Une jolie fille violée, poignardée à mort. Y'en a toutes les semaines ma p'tite, et ils ne se fatigueront même pas à résoudre ton meurtre.

– Tu comptes vraiment me tuer, Duggan ? C'est ce que tu veux devenir, un meurtrier ? » Le couteau s'enfonçait dans son ventre, transperçant le tissu de sa robe blanche. Il n'aurait qu'à appuyer un peu plus pour enfoncer la lame au plus profond de sa chair.

Le temps suspendit un long moment son vol, il souriait. « Oui, vraiment. Adieu ma beauté. »

Nan ferma les yeux, se préparant à mourir.

Elle poussa un cri en sentant le couteau s'écarter, ouvrit les yeux et vit Stone Vanderberg ceinturer Duggan, l'envoyer valdinguer à terre et le ruer de coups. Sheila et Raoul étaient là, Sheila prit Nan dans ses bras. Raoul aida Stone à traîner Duggan dans la rue pendant que deux gendarmes arrivaient en courant.

Après plusieurs heures d'interrogatoire, ils autorisèrent enfin Nan à se rendre à l'hôpital. Elle protesta mais Stone, Sheila et Raoul insistèrent. Duggan fut arrêté. « Qu'il croupisse à l'ombre, » lança sévèrement Stone à l'officier de police.

Ils rentrèrent au Carlton à l'aube. La rumeur de tentative de meurtre s'était répandue comme une traînée de poudre, le personnel de l'hôtel regardait Nan d'un air inquisiteur et dérangeant. Sheila l'embrassa sur les joues. « Repose-toi ma chérie. Appelle-moi dès que tu te sentiras mieux. Je suis vraiment sincèrement désolée. »

Nan vit Stone et Raoul échanger un regard de connivence, Raoul la prit dans ses bras. « Mon vol décolle dans quelques heures mais je peux annuler.

– Non, je t'assure, tout va bien, » dit-elle en le serrant dans ses bras. Il sanglotait.

« Si tu savais à quel point je suis désolé, Nook. »

Elle le sentait anéanti par ce qui s'était passé. Il savait combien le viol et le suicide d'Etta l'avait marquée, Raoul n'aurait plus que ça en tête. « Owl, tout va bien, promis. »

Il l'observa et hocha la tête en direction de Stone. « Laisse tomber ton côté féministe, et laisse M. Vanderberg veiller sur toi. »

Nan éclata de rire. « Toujours à jouer les entremetteurs.

– Toujours. Je t'aime, Nook.

– Moi aussi je t'aime, Owl. »

Enfin seuls dans sa suite, ils s'installèrent sur le canapé. Nan souriait à Stone. « Drôle de façon de faire connaissance. »

Stone lui sourit. « Je suis content que tu n'aies rien. » Son sourire s'évanouit en voyant sa robe maculée de sang au niveau de la plaie provoquée par le couteau de Duggan. « Mon Dieu. »

Nan rougit et posa sa main sur le trou. « Tout va bien. »

Stone l'observa longuement en silence, se pencha doucement et pressa ses lèvres contre les siennes. Le baiser était doux et bref, ses lèvres picotaient. « Stone ? »

– Oui ma chérie ? »

Elle caressa son visage. « Et si on jetait cette robe à la poubelle ? »

Il arborait un grand sourire. « Bonne idée. » Il se leva et lui offrit sa main, elle la prit et se leva afin de le rejoindre. Il la prit dans ses bras et l'embrassa, descendit la fermeture éclair dans le dos de sa robe avec une lenteur délibérée, elle mourait d'envie qu'il la lui arrache.

Il savait ce qu'il faisait – inutile de faire un dessin. Lentement, il fit glisser sa robe sur ses épaules, effleura sa gorge, dégagea son sein de son soutien-gorge en dentelle et mit son mamelon dans sa bouche. Nan poussa un cri et se mordit la lèvre tandis qu'il léchait son téton durci. Animé d'un désir animal, il caressait sa taille souple, l'agrippait fermement tout en l'attirant contre lui.

Nan en aurait hurlé, lorsqu'il avait lâché son téton, mais Stone, tout sourire, la prit dans ses bras et l'emmena dans sa chambre. « Mon Dieu, que tu es superbe, » murmura-t-il en ôtant sa robe et en l'allongeant sur le lit. Il passa les doigts sous son slip, le fit prestement glisser le long de ses jambes, qu'il plaça sur ses épaules. Nan sut, à la seconde-même où il se mit à lécher son clitoris, que cette nuit serait la plus érotique de toute sa vie. Stone la titillait et la léchait en expert, Nan poussa un cri et jouit presque sur le champ lorsque sa langue pénétra sa chatte, elle frémissait et tremblait, ne contrôlait plus rien.

Stone l'embrassa sur la bouche tandis qu'elle déchirait sa chemise, elle mourait d'envie de toucher son corps musclé. Ses bras et épaules vigoureux étaient aussi durs que l'acier.

Nan lécha son téton, heureuse d'entendre ses gémissements de plaisir. Stone retira son pantalon et son caleçon d'un geste fluide, Nan frottait son sexe énorme contre son ventre. Il la regardait tendrement. « J'en rêve depuis si longtemps…

– Pénètre-moi, » chuchota Nan, son désir prenait le dessus sur sa timidité, il acquiesça et prit un préservatif dans la poche arrière de son pantalon. Nan souriait.

« Je me trompe ou tu sembles toujours préparé ? »

Stone rigolait, elle constatait avec joie qu'il était de bonne humeur pendant l'amour – rien de pire qu'un amant coincé.

Stone était loin d'être inexpressif. Il lui souriait, leurs lèvres s'effleuraient. « Nanouk… » Elle inspira profondément tandis qu'il la pénétrait de tout son long.

Elle gémissait de plaisir, Stone l'attirait contre lui tandis qu'ils ondulaient en rythme. « Enroule tes jambes autour de moi ma beauté. Laisse-moi te pénétrer plus profond. »

Elle lui obéit, ondulait des hanches pour mieux l'accueillir, serrait ses cuisses autour de sa taille pendant qu'ils baisaient. Stone l'embrassait, le désir à l'état pur. À la manière dont il soutenait son regard, Nan se sentait à ce moment-là.

Leurs corps s'imbriquaient à la perfection malgré leur différence de stature. Son ventre se pressait contre le sien ; ses seins s'écrasaient contre sa poitrine musclée. Sa verge longue, épaisse et vigoureuse limait sa chatte béante et sensible, Nan hurla et se cambra lorsque l'orgasme déferla. Stone gémit et jouit à son tour, les lèvres dans son cou, il la pilonnait sauvagement.

Ils s'écroulèrent tous deux sur le lit, Stone s'excusa et se débarrassa prestement du préservatif usagé. Nan essayait de reprendre son souffle, elle avait l'impression que son corps ne lui appartenait plus. Stone revint, s'allongea à ses côtés et l'attira contre lui. Nan se blottit contre ce géant tout chaud. Elle était en sécurité dans ses bras – elle n'avait rien éprouvé de tel depuis fort longtemps.

« Tu te sens bien ? » lui demanda tendrement Stone, elle souriait.

« Plus que bien… c'était extraordinaire. »

Il gloussa. « Oui, c'était… » Ils se regardèrent longuement, Stone l'embrassa sur la bouche. « Nan Songbird... tu viens souvent à Manhattan ? Hormis pour raisons professionnelles. »

Nan sourit. « Ne te sens pas obligé, Stone. Je connais les règles du jeu, ça me convient parfaitement. Je ne te demande rien, hormis de profiter du moment présent. »

Stone était perplexe. « J'étais sincère... j'aimerais beaucoup te revoir. »

Elle l'observa attentivement – il avait l'air sincère, une vague de plaisir la parcourut. « Vraiment ? »

Il rit tendrement. « Pour de bon. Je connais ma réputation, Nan, et crois-moi, j'ai plus que profité. Mais... là, c'est différent. Pas pour toi ? »

Elle hocha doucement la tête. « Oui... bien que n'ayant pas le même vécu. »

Stone était stupéfait. « Que veux-tu dire par là ? »

Nan ne répondit pas mais soutint son regard, il comprit subitement – choc total.

« C'est pas *possible*, » dit-il doucement.

Elle éclata de rire. « Si, c'est *possible*. J'étais vierge.

« Putain de merde. »

Elle esquissa un sourire. « Oui, je sais, c'est limite biblique. » Stone riait, bien que la perplexité la plus totale se lise sur son visage.

« Non, sans déconner, Nan. T'étais vierge ?

– Oui je sais, ça paraît fou à notre époque. J'ai jamais ressenti le besoin de faire l'amour avant toi. C'est complètement dingue – j'ai vingt-huit ans, mais ça remonte à ma jeunesse. Ma sœur a été violée. J'ai subi les dégâts collatéraux. » Nan ignorait pourquoi elle racontait tout ça à cet homme mais elle voulait qu'il la comprenne : pourquoi elle avait tant attendu avant de perdre sa virginité et pourquoi c'était tombé sur lui. Pour la première fois, sa réponse la rendait nerveuse.

« Nan, ma douce... mon Dieu, tu es... unique. » Stone secoua la tête et l'attira dans ses bras. « Merci de me faire cet honneur... mon Dieu, ça peut te paraître étrange mais je suis sincère. »

Elle lui sourit. « Mais tu ne me dois rien. C'est ce que je voulais te dire. Je sais comment ça marche, je connais les attentes d'un homme puissant et désirable. Je ne suis plus une gamine.

– Nanouk Songbird, je peux en placer une ? » Stone rigolait de bon cœur, elle gloussa en voyant sa tête.

« Oui bien sûr, désolée.

– Primo, arrête de t'excuser. Secondo... on peut se donner une chance ? Pour la première fois de ma vie, la femme ici présente, se fiche complètement – le terme est mal choisi – de *Stone Vanderberg* – argent, statut, aura, toutes ces conneries. Je m'en suis rendu compte la première fois que je t'ai vue, lorsque tu as abrégé l'interview de Sheila. Tu avais mon numéro, je t'assure que j'étais aux cent coups. T'es un défi à toi toute seule et Dieu sait que j'en ai besoin pour vivre. Des années durant – mea culpa – j'ai baisé tous azimuts et passé des moments fantastiques. Les belles femmes ne manquent pas, Nan, mais elles ne t'arrivent pas à la cheville. »

Nan rougit devant pareil compliment. « Mais ?

– De simples plan cul, » expliqua-t-il en tout franchise. « Mais avec toi... il est possible que j'aie trouvé ce petit quelque chose de plus dont j'ignorais être à la recherche. »

Nan était bouleversée. « Quoi ? Que recherches-tu exactement ? »

Le beau visage de Stone respirait la tendresse. « Mon âme sœur, » dit-il simplement, Nan avait les larmes aux yeux.

« Vraiment ? »

Stone hocha la tête, s'approcha et l'embrassa. « Vraiment. » Ils refirent l'amour.

CHAPITRE CINQ

Le Festival clôtura une semaine après. Sheila Maffey remporta la palme de la Meilleure Actrice et donna une soirée afin de remercier son équipe et ses amis. Elle avait insisté pour que Nan ait sa soirée et invite Stone.

« Amuse-toi bien ma chérie. Tu m'as été d'un grand secours – vraiment. » Sheila lui montra Stone qui discutait avec un membre de l'équipe. « Stone Vanderberg est raide dingue de toi, c'est flagrant. »

Nan rougit mais devait admettre que Stone était heureux. Il leva les yeux ; il ne voyait qu'elle et lui adressa un clin d'œil. Il était si grand qu'il dépassait la majorité des invités. *Mon chéri, mon petit ami.* La semaine s'écoula dans un tourbillon étourdissant, ils passèrent leur temps à faire l'amour, discuter et rigoler, elle ne pouvait plus se passer de lui.

Le Festival clôturé, Stone comptait l'emmener dans sa villa d'Antibes. Il avait réussi à convaincre Nan de prendre une semaine de vacances. « Histoire de passer du temps ensemble avant de retourner à la réalité – voir si ça roule entre nous. »

Nan avait accepté sans hésiter. La soirée touchait à sa fin, Stone arriva par derrière et prit sa main. « On y va ? »

Son cœur battait la chamade tandis que Stone conduisait en

pleine nuit une Mercedes décapotable. Les longs cheveux de Nan volaient, Stone riait en la voyant essayer de les attacher. Nan finit par abandonner, ses boucles étaient en bataille lorsque Stone se gara devant la villa. « La cata, » dit Nan en tentant de les démêler. « C'est bizarre, dans les films c'est censé être sexy, dans la vraie vie on dirait un Wookie. »

Stone éclata de rire. « Certes, mais un Wookie *sexy*. »

Nan sourit. Elle avait découvert que Stone partageait le même sens de l'humour un peu lourdingue qu'elle – elle ne s'en serait jamais doutée. Il avait l'air si guindé, sévère, très viril, Nan constata à sa grande surprise qu'il ne se prenait pas au sérieux, c'était un vrai gamin, comme elle. Il avait douze ans de plus mais ne les faisait pas.

Il prit sa main tandis qu'ils pénétraient dans la maison éclairée. « Il y a du monde ? »

Stone répondit par la négative. « Mon personnel a préparé la villa mais sinon... y'a que nous. » Sa voix sensuelle lui donnait le frisson.

« Tu vas m'avoir pour toi tout seul pendant une semaine.

– Je me demande ce qu'on va bien *pouvoir faire* ? » Stone sourit en l'attirant aux bras. Nan se blottit contre lui.

« J'ai deux trois idées en tête... »

Il la prit aux bras en rugissant et l'emporta dans la villa, elle gigotait comme un beau diable. Ils arrachèrent leurs vêtements sans attendre d'être dans la chambre, firent l'amour sur le carrelage frais, se fichant éperdument de la dureté du sol, baisant comme des bêtes.

Le lendemain, Nan se réveilla doucement, elle était couchée sur le ventre, Stone caressait son dos. Elle ouvrit les paupières et lui sourit. Son magnifique regard d'un bleu intense brillait d'adoration. « Me réveiller à tes côtés est une pure merveille, Nan Songbird.

– Je te retourne le compliment, beau gosse. » Nan se sentait incroyablement bien avec cet homme – cet homme dont la famille et le statut social étaient à l'exact opposé de son milieu d'origine.

Dans ce paradis méditerranéen elle faisait comme s'ils étaient seuls au monde, vivant une histoire d'amour endiablée, plus rien n'existait.

Leurs jeux sexuels étaient incroyables. Stone était un amant tendre et expérimenté, qui poussait Nan à être plus curieuse et aventureuse. Stone sourit lorsqu'elle lui en fit part. « On essaiera tout ce que tu voudras ma chérie. »

Après dîner, un soir, dans la vieille ville, Stone l'entraîna dans le dédale des ruelles et la baisa contre le mur d'une ruelle sombre, les gens déambulaient au bout de la rue, il plaqua sa main sur sa bouche afin d'étouffer ses gémissements de plaisir. Etre prise en flag l'excitait, Nan était prête à tout pour lui. Elle refuser de penser à son retour aux Etats-Unis, que la réalité fasse éclater sa petite bulle.

Ce n'était pas qu'une affaire de sexe. Ils discutaient de leurs familles respectives. Stone lui parla de son frère Ted, il s'occupait de la carrière d'Eliso ainsi que d'autres stars de cinéma, de ses parents qu'il adorait mais qui restaient cloîtrés dans leur propriété d'Oyster Bay.

« Ted et toi êtes proches ? »

Stone hocha la tête. « Oui – nous sommes les meilleurs amis du monde. On avait une sœur, Janie, mais elle est morte à l'âge de cinq ans.

– Oh mon Dieu, c'est terrible, je suis sincèrement désolée. Elle était malade ? »

Stone secoua la tête. « Elle s'est noyée en mer, devant notre propriété. Ted était présent. Je pense qu'il ne se l'est jamais pardonné, même si ce n'était qu'un enfant.

– La pauvre. » Nan soupira. « C'est terrible.

– Tu as évoqué ta sœur. »

Nan hocha la tête. « Etta était tout ce que j'avais au monde, à sa mort…

– Je sais. » Stone caressa sa joue. « Tu n'es plus seule désormais. »

Nan déglutit péniblement et détourna le regard. « Ne promets rien, Stone. C'est tout ce que je te demande. Pas de promesses. »

Ils évoquèrent leurs rêves. Stone et Nan adoraient leur métier. « Une fois à New York, » lui dit Nan, « je franchirai enfin les portes du palais du droit pénal. Je suis excitée comme une puce – si tu savais. »

Stone lui sourit. « Je veux bien te croire. D'où te vient cet intérêt pour le droit pénal ?

– J'aime les énigmes, surtout lorsque l'aspect humain est en jeu, » répondit-elle en toute franchise. « Pour tout te dire, c'est sûrement lié au suicide de ma sœur... je veux comprendre ce qui pousse certaines personnes à agir.

– Mais tu seras avocate de la défense ? »

Nan acquiesça. « C'est une occasion en or, Alan prend un risque en m'embauchant. Alors, oui, j'aimerais pouvoir appréhender et juger les violeurs mais connaître le revers de la médaille peut toujours s'avérer utile. »

Stone l'observait. « Tu joues l'avocat du diable... ? »

Nan sourit. « Continue.

– Ce qui est arrivé à Etta ne risque pas de t'influencer, que tu changes d'attitude face aux accusés ?

Nan se redressa. « Excellente question, je me la suis maintes fois posée. Si je ne parviens pas à faire abstraction de mon histoire personnelle, je préfère me dessaisir du dossier. »

Stone acquiesça sans mot dire. Nan l'observait. « Tu penses que j'y arriverai pas ?

– Tu es capable de tout. Mais tu t'enflammes vite. »

Nan sourit et s'agita dans ses bras. « Ton jugement est biaisé. »

Stone l'embrassa et l'enlaça. « J'avoue.

– Tu connais désormais ma faiblesse... si on parlait de la tienne ? »

Stone hésita. « Tu veux vraiment savoir ?

« Oui. »

Il inspira profondément. « Les enfants.

– Les enfants ? »

Il approuva. « C'est certainement la raison pour laquelle j'ai atteint la quarantaine sans être marié. Les gamins. J'en veux pas. J'ai vu le chagrin de mes parents à la mort de Janie... ça me terrifie – perdre de nouveau quelque chose ou quelqu'un qu'on aime. »

Nan était sous le choc. « Stone, on perd tous des êtres chers.

– Je sais, et je sais que c'est complètement stupide d'essayer de minimiser la perte d'un proche. Je me suis rendu à l'évidence, je sais que mes parents et mon frère mourront un jour. C'est la raison pour laquelle je ne me suis jamais vraiment impliqué avec personne. »

Nan hocha la tête et garda longuement le silence. Peinée, elle songea que ces quelques jours passés avec Stone n'étaient qu'un feu de paille, mais ils le savaient tous les deux depuis le début, non ? Se l'entendre dire s'avérait toutefois douloureux.

Stone s'aperçut que Nan gardait le silence suite à leur discussion, il craignait de l'avoir blessée. Ils dînèrent d'un steak grillé et d'une salade sur la terrasse de la villa, Stone prit sa main. « Tu sais, ce que j'ai dit Nan... je ne parlais pas pour *nous*. Bien que je n'aie aucune idée de ce qu'englobe ce *"nous"*, à l'instant T.

– Profitons de la semaine, » dit-elle en souriant. « On a dit 'pas de promesses'.

– C'est vrai. Mais j'ai envie de voir jusqu'où on peut aller. Je comprends que tu aies des réserves. La différence d'âge est bel et bien là.

– Là n'est pas le problème mais... écoute j'en sais rien Stone. C'est tout nouveau pour moi. Je sais pas quoi faire. » Nan détourna le regard, il constata, terrifié, qu'elle avait les larmes aux yeux.

« Hé, hé, hé, » dit-il doucement en caressant ses cheveux. « Ne pleure pas ma chérie, tout va bien. Profitons de ces quelques jours ensemble. »

Plus tard, nue dans le lit, Stone prit sa main, la retourna et déposa un doux baiser sur son poignet. « Nanouk Songbird, tu m'as ensorcelé. » Ses lèvres effleuraient son bras, son épaule, son cou. Nan enroula ses jambes autour de ses hanches et le regarda, tandis qu'il pressait ses lèvres contre les siennes.

Il plissa les yeux et lui sourit en la pénétrant profondément. Parviendrait-elle à se passer de cet homme ? Son corps massif et puissant la dominait entièrement lorsqu'ils baisaient, et elle savait, à son grand regret, qu'elle ne trouverait jamais meilleur amant. *Oh merde, oh merde,* Nan était en train de tomber amoureuse, ça la terrifiait. Une fois leur petite parenthèse à Antibes terminée, la plus infime différence dans leurs vies provoquerait d'inévitables dissensions – elle en était malade d'avance.

Non. Concentre-toi. Focalise-toi sur ces quelques jours, les plus beaux jours de ta vie.

Ils nagèrent dans la mer chaude, explorèrent la vieille ville, mangèrent dans des restaurants exceptionnels, dansèrent dans des boîtes de nuit surpeuplés et firent l'amour non-stop. Stone la faisait constamment rire. Voir ce géant faire l'idiot comme un ado lui réchauffait le cœur, elle aurait du mal à tirer un trait sur leur idylle.

C'était leur dernière soirée, ils avaient passé la journée à Monaco, étaient rentrés affamés et fourbus. Ils dînèrent dans un petit restaurant dans la vieille ville et marchèrent sans se presser jusqu'à la villa. Ils se taisaient, les doigts entrelacés, bientôt New York et leurs vies respectives.

Stone n'alluma pas la lumière dans la chambre, la pleine lune baignait la pièce d'une lueur irréelle. Il défit lentement la ceinture de sa robe qu'il fit glisser sur ses épaules, il souhaitait contempler Nan sous la lune. Sa beauté toute en douceur était à couper le souffle : elle le regardait de ses grands yeux chocolat, sa peau couleur de caramel resplendissait. « Nan Songbird, tu es la femme la plus merveilleuse du monde. »

Elle cligna lentement des yeux, esquissa un sourire timide et garda le silence. Il dégrafa son soutien-gorge et baissa son slip sur ses jambes, musclées et bronzées pour une femme si menue. Stone effleura son ventre, ses doigts couraient sur ses courbes douces. Il s'agenouilla et enfouit son visage dans son ventre, lécha le pourtour de son nombril.

Elle frémit pendant que ses doigts descendaient le long de sa cuisse, et s'arrêtèrent avant de toucher son sexe brûlant. Il l'excitait, la caressait sans la toucher. Stone la contemplait. « Ecarte tes jolies jambes ma chérie. »

Nan frémit et lui obéit, il sourit. « J'ai une idée. Tu me fais confiance ? »

Elle hocha la tête, il se leva, la prit aux bras, l'emmena dans la cuisine et l'installa sur une chaise. « Ne bouge pas. »

Il prit des cravates dans la chambre et les rapporta dans la cuisine. « Si tu veux qu'on arrête, dis-le, » dit-il en bandant ses yeux et en attachant ses mains derrière son dos. « C'est censé être marrant, mais si t'as peur...

– J'ai pas peur. » Nan sourit et écarta lentement les cuisses, elle était excitée, sa chatte, humide. Stone sourit. Il s'agenouilla et lécha sa vulve, elle frissonnait. « Ce n'est qu'un petit aperçu ma chérie. »

Stone mit un glaçon dans sa bouche et descendit le long de sa gorge jusqu'à son nombril. Il glissa deux doigts de sa main gauche dans sa chatte tandis que son pouce branlait son clitoris en rythme. Le glaçon sur la langue, il prit ses tétons en bouche tour à tour et les titilla jusqu'à ce que Nan s'agite sur la chaise, le plaisir était visiblement difficilement supportable. Son sexe était trempé, elle dégoulinait sur sa main, Stone avait gagné. Le glaçon glissa sur son ventre, autour de son nombril, plus bas, il l'enfonça dans son sexe tandis qu'elle gémissait, excitée.

Son clitoris réagissait à son cunnilingus, durcissait et palpitait de désir. Le glaçon fondait rapidement, il enfouit son visage dans son sexe, enfonça sa langue profondément, il la branlait ardemment, Nan poussa un cri et jouit, son corps tremblait, elle était en nage.

Stone sourit et l'embrassa sur la bouche. « Tu peux te goûter sur mes lèvres, ma beauté ? Tu as le goût du miel. » Il l'embrassa passionnément, leurs langues se mêlaient. « Nan ?

– Oui ? » dit-elle, hors d'haleine, elle ne maîtrisait plus rien.

« Je vais te baiser jusqu'à ce que tu demandes grâce. »

Elle gémissait, ce bruit magique lui donnait une envie folle de la pénétrer. Il descendit sa braguette et libéra sa verge en érection et palpitante, détacha ses mains et l'allongea par terre, toujours les yeux bandés. Nan poussa un cri, il la pilonnait violemment, il attrapa et cloua ses mains sur le tapis, écarta ses cuisses avec ses jambes puissantes, il pesait sur elle de tout son poids. « Tu es à moi Nanouk Songbird, dis-le...

– Je suis à toi, » murmura-t-elle d'une voix mal assurée, « je suis à toi, Stone... »

Stone lui donnait de violents coups de boutoir, sa chatte palpitait et se contractait sur sa verge. Leurs souffles se mêlèrent, leurs baisers se firent humides et sauvages, ils avaient faim l'un de l'autre.

Nan sentit un orgasme explosif monter en elle, les cellules de son corps étaient en feu lorsqu'il la pilonnait, elle se sentait mourir, comme si son corps ne lui appartenait plus, elle montait au septième ciel. Stone fut impitoyable, même lorsqu'elle se mit à pleurer. Il retira son bandeau, elle contempla ses yeux bleu marine, presque noirs, brillants d'un désir dangereux.

Je pourrais mourir maintenant, songea-t-elle, *sans peur aucune.* La passion, mêlée au désir animal qui se lisait dans ses yeux l'effrayait quelque peu. La force des sentiments qu'elle éprouvait envers cet homme lui faisait peur.

« Tu me rends fou, » gronda Stone, sur le point de jouir, sa verge se contractait, il éjacula. Nanouk sentit son sperme gicler vigoureusement en elle – le préservatif s'était rompu ?

Stone avait eu la même idée. « Ne t'inquiète pas, » murmura-t-elle, « je prends la pilule. »

Le soulagement qu'elle lût dans ses yeux lui procura une douleur indicible. Il l'embrassait tendrement, comme si c'était la femme la plus précieuse qu'il ait jamais tenue dans ses bras, c'était totalement faux, et elle le savait.

Il la serra dans ses bras, enfouie contre sa poitrine musclée, bien au chaud, Nan avait envie de pleurer. C'était un mirage, un magnifique mirage, certes – qui s'évanouirait comme neige au soleil à la fin de la semaine.

Profite, ne te laisse pas abattre. Elle avait envie de pleurer et jamais s'arrêter. *Putain.* C'était pourtant bien ce sentiment même qu'elle avait fui toute sa vie durant ? Une petite semaine de vacances avait suffi à tout foutre en l'air ? Tout ça pour ça ? Elle contempla l'homme auquel elle venait de se donner sans réserve, la panique la gagnait. *Je suis foutue,* pensa-t-elle, *je vais déguster au moment des adieux.* Stone, voyant son air bouleversé, la regardait d'un air intrigué.

« Qu'est-ce qu'il y a ma chérie ? » sa voix était douce, pleine d'amour et de compassion, elle se borna à secouer la tête.

« Rien. Serre-moi fort, s'il te plaît. »

Stone attendit que Nan s'endorme d'un sommeil troublé, il

descendit du lit et la regarda dormir. Il ne voulait pas penser à demain, sa vie était bien trop compliquée pour qu'il lui propose d'en faire partie. Nanouk méritait mieux qu'un amant à temps partiel, Stone savait pertinemment qu'il valait mieux savoir s'éloigner, avant de tomber amoureux pour de bon.

Tomber amoureux de Nanouk serait très facile – très *très* facile – Stone se dit fièrement qu'il n'était pas encore amoureux d'elle, même s'il savait que c'était un mensonge et qu'il serait incapable de faire face. Et s'il lui faisait de la peine ? Elle était trop bien pour lui – il le savait. Elle méritait un protecteur, un champion, son égal, pour la première fois de sa vie, Stone Vanderberg comprit qu'il n'était pas l'homme qu'il lui fallait.

Mon Dieu, l'idée de ne plus la voir, ne plus la toucher, que c'était la dernière fois qu'ils faisaient l'amour le rendait fou, il devait prendre les devants et mettre un terme à leur relation. Ils s'étaient promis d'attendre jusqu'à demain, et bien que l'issue soit forcément douloureuse, il s'y tiendrait.

Il se rendit dans la cuisine et but un verre d'eau glacée afin d'apaiser sa gorge sèche. Stone ferma les yeux. *Ne tombe pas amoureux d'elle mais ne perds pas une seconde loin d'elle.*

Il retourna se coucher et la prit dans ses bras. Nan ouvrit ses grands yeux sombres et lui sourit dans un demi-sommeil, ils firent lentement l'amour, sachant que c'était peut-être la dernière fois.

Lorsqu'il se réveilla le lendemain, Nan n'était plus là.

CHAPITRE SIX
NEW-YORK

Un an après...

Alan Elizondo contemplait la jeune avocate en se préparant à rencontrer leur dernier client. « Tu bouillonnes ? »

Nan acquiesça, son estomac se tordait d'impatience. « Ironie du sort. Des années durant, j'ai tout fait pour ne pas défendre le monde du spectacle, et voilà que je me retrouve, pour ma première affaire pénale, avocate de la défense d'une star de cinéma. »

Alan gloussa. « Nan, prends les choses comme elles viennent. Eliso Patini est innocent, star de cinéma ou pas.

– Tu es convaincu de son innocence. »

Alan hocha la tête. Ils étaient assis dans la spacieuse salle de conférence du cabinet d'Alan à Manhattan et attendaient l'arrivée de leur client et ses proches. L'annonce de la nouvelle s'était répandue telle une traînée de poudre, le monde entier était sous le choc, Eliso était accusé d'avoir assassiné une de ses fans, Nan avait poussé un gros soupir en apprenant par la bouche d'Alan qu'Eliso souhaitait passer par son cabinet pour assurer sa défense. Un autre souvenir, comme si elle avait besoin de ça, de Stone Vanderberg. On aurait dit que, même un an après, elle ne pouvait échapper à cet homme qu'elle avait quitté par un beau matin de mai, voilà un an déjà.

Elle rejeta cette pensée. « Si y'a bien une leçon que j'ai retenue chez ces stars de cinéma, c'est qu'ils ont tendance à débarquer avec toute une cohorte de béni oui-oui, nous allons certainement devoir faire valoir nos points de vue.

– Merci pour l'info. » Alan se rassit dans son fauteuil. « Je compte sur toi pour t'en charger Nan, je vais observer ta réaction et voir comment tu vas t'en sortir pour défendre notre point de vue.

– Ça me convient. J'ai pour ainsi dire fait la connaissance de Patini à Cannes.

– Pour ainsi dire ? »

Nan sourit. « J'étais invitée à déjeuner avec lui et des amis... mais je leur ai préféré Owl. »

Alan éclata de rire. « Je vois. »

On frappa à la porte, Michael, l'assistant personnel hyper efficace d'Alan, passa la tête dans l'entrebâillement. « M. Patini est arrivé.

– Faites entrer. Merci, Michael.

– Ils sont nombreux ? » demanda Nan à Michael avant qu'il s'éclipse.

« Oh, la grosse artillerie, » répondit Michael avec un sourire malicieux et en rigolant, tout en refermant la porte.

Quelques instants plus tard, Nan et Alan se levèrent lorsqu'Eliso Patini et Beulah, sa copine attitrée – personne d'autre – pénétrèrent dans la pièce. L'acteur, beau comme un dieu avec ses boucles brunes et ses yeux d'un vert perçant, semblait épuisé et hébété en serrant la main d'Alan et Nan. Beulah, une vraie beauté exotique, les salua ; une lueur de reconnaissance passa dans ses yeux lorsqu'elle vit Nan, elle lui sourit.

Nan lui rendit son sourire. Elle devait rester professionnelle mais ce jeune couple visiblement anéanti par la situation faisait peine à voir.

« Eliso, » commença Alan, d'une voix chaleureuse et emplie de compassion, « si vous nous racontiez ce qui s'est passé ? »

Eliso se frotta le visage, ses yeux étaient cernés. « Je vous livre ma version des faits, si elle diffère de l'autre, je n'y suis pour rien.

– Entendu. Donnez-moi votre version des faits. »

Eliso poussa un soupir. « Lundi dernier, le soir, Beulah et moi nous sommes rendus à un gala de charité dans l'Upper East Side – les bénéfices sont reversés à la recherche contre le Sida, je m'y consacre depuis la mort de mon frère. De nombreux fans étaient présents, des fans qui avaient payé des sommes astronomiques pour y assister, je voulais m'assurer que tous soient récompensés pour leur générosité. Nous avons assisté à un cocktail avant la vente, puis nous avons rencontré mes fans. »

Beulah ajouta « Eli ne compte pas ses heures, la séquence de dédicace a duré trois ou quatre heures. La majeure partie d'entre eux étaient aux anges – il leur avait consacré du temps, donné des autographes, bref, un super moment. Mais le dernier groupe était pour le moins... étrange. » Beulah donna sa main à Eliso, Nan appréciait cette femme. Elle le soutenait, Nan trouvait ça touchant.

« Précisez-moi ce que vous entendez par *étrange*. » Alan prenait des notes sur son bloc.

« Cette jeune femme brune, n'avait pas l'air... mon Dieu, je sais que je ne devrais pas dire ça mais elle n'avait visiblement pas les moyens d'être là. » Beulah fit la grimace. « Désolée, je ne voudrais pas passer pour une élitiste.

– Mais c'est la vérité, » lança Eliso, avec son accent italien chantant. « Mais y'avait pas que ça... son attitude était déplacée. M. Elizondo, Mlle Songbird, j'ai déjà été harcelé – certains fans se permettent de franchir la limite qui nous sépare. Mais là c'était différent. Elle me dévisageait comme si... mon Dieu, je ne sais même pas comment le décrire.

– Comme si elle le détestait, » poursuivit Beulah à sa place. « Et... elle avait des marques, comme une droguée. Je les ai vues, même si elle a vite baissé ses manches. Puis, subitement, elle s'est mise à hurler. »

Nan avait la chair de poule et frissonnait malgré elle. Eliso et Beulah s'en aperçurent, Beulah hocha la tête. « Oui, exactement.

C'était choquant. Elle hurlait et s'est jetée sur Eliso. Son visage porte encore ses traces de griffures.

– Mes gardes du corps l'ont éloignée mais avant qu'ils la mettent dehors, elle a hurlé que je "paierai" pour ce que je lui avais fait. » Eliso ferma les yeux et secoua la tête, l'air malade. « Je vous jure, ainsi qu'à Beulah, que je n'ai jamais vu cette fille de toute ma vie. *Jamais.* »

Beulah était blême. « La police a débarqué le lendemain matin. La fille a été retrouvée poignardée dans une ruelle derrière notre hôtel. Ils ont trouvé un couteau.

– Un couteau qui, d'après leurs dires, portait l'empreinte ADN d'un homme. » Eliso avait terminé, il s'affaissa, vaincu. « Je me suis bien évidemment soumis aux tests. Il est tout à fait impossible que ce soit le mien. Je le jure sur la tombe de mon père... je n'ai pas tué cette fille, j'ignore pourquoi elle m'a agressé. La police a trouvé un journal dans lequel elle raconte en détails notre relation, qui s'est soldée par un avortement. Tout cela n'est que pure invention mais... elle connaît des aspects de ma vie qu'elle n'était absolument pas en mesure de connaître.

– Et le procureur s'en sert de preuve pour intenter un procès ? »

Eliso acquiesça. « Il... je pense qu'il veut monter en grade, peut-être l'amertume me pousse à réagir de la sorte.

– C'est loin d'être une pratique inhabituelle, » confirma Alan, Nan était perplexe.

« M. Patini...

– Appelez-moi Eliso, s'il vous plaît. » Il la regarda et sembla la reconnaître. « On se connait ?

– Si on veut. Il y a un an, à Cannes. » *Ne parle pas de Stone, je t'en supplie.* « Nous nous sommes salués dans le Grand Salon du Carlton.

– Oh oui. Ravi de vous revoir, malgré les circonstances. »

Nan sourit. « Moi de même. Tous les deux. Mais j'aimerais vous poser une question – on dirait que quelqu'un essaie de vous faire porter le chapeau, seriez-vous prêt à nous parler ouvertement de votre relation ?

– À cent pour cent, » dit-il, Nan le croyait. L'homme était visiblement ébranlé.

– Parfait, » répondit Alan en adressant un signe de tête satisfait à Nan. Sa façon de mener l'interrogatoire lui plaisait. « Buvons d'abord quelque chose. On peut commencer, vous avez le temps ? »

Eliso et Beulah acquiescèrent. « On prendra le temps nécessaire. »

Ils parlèrent pendant des heures, Nan constatait avec une certaine satisfaction qu'elle avait su rester professionnelle et faire comme si de rien n'était lorsqu'Eliso avait parlé de son amitié avec Stone Vanderberg – elle s'était aperçue que Beulah l'avait alors observée. Elle était reconnaissante à cette femme d'avoir su garder sa langue. Sa relation avec Stone n'était pas à l'ordre du jour.

Eliso et Beulah s'en allèrent vers dix-huit heures, Alan regarda sa jeune associée. « Alors, qu'est-ce que t'en penses ?

– Je pense qu'on doit faire tout ce qui est en notre pouvoir pour aider cet homme. » Nan hocha la tête à son patron, Alan avait le sourire.

« Tout à fait d'accord. Le procureur est complètement fou – la preuve est mince, cette histoire d'ADN ne tient pas la route. S'il est évident pour nous qu'Eliso s'est fait piégé, pourquoi le procureur engagerait-il des poursuites ?

– On doit découvrir, et vite, qui veut faire porter le chapeau à Eliso, avant que sa vie ne soit anéantie. » Nan regarda la montre. « Merde. Al, écoute...

– Oui, vas-y, pardonne-moi, j'avais pas vu l'heure. »

Nan sourit à son patron. « Tu sais que t'es le meilleur ?

– Oh, je sais, » Alan rigola et rangea ses documents. « Je t'appelle tout à l'heure ? Tu peux discuter et faire deux trucs en même temps ?

– Absolument. »

Nan prit le train jusqu'à Oyster Bay, elle cogitait à fond sur le dossier Eliso. Elle appréciait énormément cet homme et sa splendide petite amie et souhaitait les aider. Mon Dieu, elle adorait son métier ; l'euphorie, la tension, l'adrénaline. Nan et ses collègues avaient découvert au cours de l'année écoulée qu'elle faisait preuve de ténacité et ne lâchait pas le morceau – Nan était la première surprise, mais elle savait qu'elle avait enfin trouvé sa voie. Alan était pointilleux quant au choix de ses dossiers ; il était persuadé que ses clients étaient innocents des crimes dont ils étaient accusés, son succès à la barre était tel que les personnes accusées à tort s'adressaient logiquement à lui.

Nan respectait le fait qu'il plaide en se basant sur les faits, et non pour les retombées financières ou la réputation de son cabinet.

Le train s'arrêta, elle descendit, la soirée était chaude. Nan oublia le boulot et passa en mode maison et bébé, sa petite fille l'attendait chez la nounou.

Carrie lui sourit alors qu'elle s'excusait pour son retard. « Ne t'inquiète pas. Elle a été adorable. »

Elle tendit à Nan son bébé de trois mois, qui regarda sa mère de ses grands yeux bleus qu'elle tenait de son père. *Ettie. La petite Ettie.* Comme sa sœur, l'amour de sa vie, et ce, depuis sa naissance.

Sa fille... la fille de Stone Vanderberg...

CHAPITRE SEPT

Stone appela Eliso le soir même. « Comment ça s'est passé ?

– Plutôt bien. Elizondo est un mec perspicace. » Eliso était fatigué, vidé. « Bon sang, Stone, qu'est-ce que j'ai bien pu faire pour être dans des draps pareils ?

–Tu n'y es pour rien mon pote. On essaie de te baiser. » Stone hésita. « Tu l'as vue ?

– Si c'est de la ravissante Mlle Songbird que tu parles, oui. » Eliso rit doucement. « C'est une bonne chose qu'elle soit dans mon camp. Elle a l'air capable et tenace. »

Stone ne voulait pas se montrer trop curieux. Après tout, il s'agissait de prouver l'innocence d'Eliso, et non retrouver la femme à laquelle il n'avait cessé de penser depuis son départ en mai dernier, voilà un an déjà. « Écoute mon pote, on est tous avec toi. Moi, Ted, Fen. Tous.

– Je sais et crois-moi, j'apprécie. Ecoute, j'en ai marre de parler de tout ça. T'en es où avec le magazine ? »

Depuis un an, Stone travaillait à son nouveau magazine, un projet qui conforterait sa place prépondérante dans le monde de l'édition. Il avait choisi de se focaliser sur Oyster Bay, faire la part belle aux habitants de Long Island. Il bossait sur son petit magazine depuis des mois mais dernièrement, Stone était en manque d'inspiration. Pourquoi s'était-il lancé là-dedans ? Ça faisait un bail qu'il n'allait pas à Oyster Bay, sa place était à Manhattan, et non dans le petit havre de paix sur la côte nord de Long Island.

Ce lien avec Nan, bien que ténu, le réconfortait. Il savait qu'elle avait pris la bonne décision en le quittant mais il ne parvenait pas à l'oublier. Il avait dû se faire violence pour ne pas la contacter et avancer mais il y était parvenu.

Il avait eu de nombreuses aventures, repris ses habitudes des plans d'un soir mais le cœur n'y était pas.

Il discuta encore pendant quelques minutes avec Eliso et raccrocha. Il regarda sa montre, pourquoi ne pas sortir boire un verre... et pousser jusqu'à Long Island. *Tu sais même pas où elle habite*, songea-t-il. La trouver ne devrait pas poser problème – sa famille connaissait une tonne de détectives privés, les Vanderberg pouvaient retrouver la trace de qui ils voulaient.

Un an. Ça valait le coup de se remettre avec ? Serait-ce si dangereux que ça ? Après tout, si un procès pendait au nez d'Eliso, Nan et lui seraient amenés à se voir – pourquoi ne pas forcer le destin en renouant au préalable ?

Satisfait d'avoir trouvé une bonne excuse pour se rapprocher d'elle, il contacta l'un de ses meilleurs détectives et lui demanda de trouver où elle habitait sur l'île. S'il tombait sur elle « par accident », ce serait encore mieux.

Stone sortit boire un verre, tout content de sa décision, et coucha après quelques heures chez une jeune femme dont il ignorait tout. C'était une erreur, il se sentait mal à l'aise, la fille était en larmes. « Je suis sincèrement désolé ma chérie. »

Il se sentait minable et en-dessous de tout sur le trajet du retour à son appartement. Il s'était comporté comme un goujat en brisant le cœur d'une femme, alors que son cœur appartenait à la plus belle femme d'Oyster Bay.

« Bordel de merde. » Stone était énervé. Pourquoi coucher à droite et à gauche, alors que son cœur était pris ? *Arrête tes conneries, Vanderberg, va voir Nan et dis-lui que tu l'aimes, que tu es perdu sans elle. Fonce.*

Tout heureux de sa décision, son détective privé lui annonça qu'il venait de trouver l'adresse de Nan. Il était désormais sur la bonne voie. C'était une acharnée au travail, il aurait plus de chances de la croiser un dimanche. Ça lui laissait trois jours pour s'y préparer, mais une chose était sûre.

Nanouk Songbird ferait bientôt à nouveau partie de sa vie.

Eliso Patini embrassa sa sœur, Fenella. « Fen, si tu savais combien je suis désolé. »

La femme brune observa attentivement son petit frère. « Eli... tu as l'air fatigué.

– Oui. Je dors mal. » Eliso vit Fenella regarder Beulah, qui se détourna sans réagir. Ça le contrariait que Fen et Beulah ne s'apprécient pas mais il ne pouvait pas se passer d'elles.

Ils séjournaient dans un luxueux hôtel à Manhattan. Fen était arrivée en provenance de Rome le matin-même. Il était allé chercher Fen à l'aéroport, ils s'étaient tous réunis avec les avocats d'Eliso. Fen les mitraillait de questions – sa nervosité quant au devenir d'Eliso la rendait combattive et quelque peu agressive. En dépit de son avalanche de questions, Alan Elizondo et Nan Songbird avaient heureusement réponse à tout.

« Je veux en savoir plus sur le procureur... pourquoi instruit-il un dossier manquant visiblement d'éléments probants ? »

Alan soupira. « D'après Miles Kirke, le procureur, ce dossier n'est pas aussi insignifiant que ça. Il entend faire jurisprudence avec cette affaire d'homme riche empêtré dans une affaire de meurtre – aux yeux de la presse du moins.

– Et la presse fera tout pour essayer de détruire votre vie, » ajouta Nan en regardant Eliso de ses grands yeux bruns, emplis de compassion. « Nous connaissons très bien leur fonctionnement, voilà pourquoi nous nous devons de rester, *quoiqu'il arrive*, irréprochables. Répondre à leurs questions personnelles avec franchise. Subir les tests demandés. Nous *savons* que vous êtes innocent, Eliso, mais nous devons faire éclater la vérité au grand jour – vous n'avez rien à cacher. Je vous promets que nous ferons tout ce qui est en notre pouvoir pour vous laver de tout soupçon. »

L'entrevue terminée, Fenella fit part de ses impressions à son frère. « Ils m'ont bien plu, surtout la jeune femme. Elle a des couilles. Elle ne se laissera pas faire par ce maudit Kirke.

« J'espère bien.

« Stone et Nan Songbird se connaissent, » lança Beulah. « Ça nous donne un aperçu de sa valeur. »

Fen était excédée. « Je ne pense pas que nous devions la juger à l'aune du tableau de chasse de Stone Vanderberg... je présume que c'est ce que tu voulais dire par *ils se connaissent*. »

Beulah soupira. Fenella ne l'avait jamais appréciée – les parents d'Eliso avaient craqué sur Beulah dès leur première rencontre mais Fen n'était pas du genre à avoir des amies. Eliso s'était excusé auprès de Beulah après leur première rencontre sous tension. « Ma sœur est coriace, elle veut bien faire. »

Beulah en doutait. Fen faisait constamment passer Beulah pour une imbécile, se moquait de sa carrière. Au début, Beulah l'avait mal pris et avait fait en sorte que Fen apprenne qu'elle n'était pas uniquement une femme d'affaires et un mannequin côté, qu'elle avait obtenu sa maîtrise. Fen s'était faite une idée bien précise de Beulah, Beulah avait arrêté d'essayer d'impressionner la sœur de son amant et tenait volontairement ses distances.

Beulah déposa un baiser sur la tempe d'Eliso. « Je vais prendre un bain. »

Elle prit son téléphone dans la chambre et fit défiler les numéros jusqu'à celui de Nan. Beulah avait des amis dans le monde entier, sa famille vivait au Royaume-Uni, mais en présence de Fen, elle se sentit soudainement très seule à New York. Nan lui avait donné son numéro perso. « Appelez-moi quand vous voulez, même pour passer le temps. »

Beulah hésitait à l'appeler. En dépit de son admiration pour la jeune avocate, elles ne se *connaissaient* pas – Beulah savait que Stone était toujours accro. Nan prendrait-elle son envie de papoter comme une intrusion dans sa vie privée ?

Elle appuya sur le bouton, la voix douce de Nan répondit au bout de quelques secondes. « Nan ? C'est Beulah Tegan.

– Bonjour, comment allez-vous ?

– Je... » la voix de Beulah se brisa. « Pas bien. J'ai la trouille pour Eliso pour tout vous dire. De ce qui pourrait arriver. J'ai besoin de parler. Pardon si je vous dérange.

– Non, pas du tout. Ecoutez, ça vous dit de prendre un café en ville demain ? J'ai quelques heures de libres.

– Oh, c'est vrai ? » Beulah se sentait plus légère. « Je ne voudrais pas m'imposer.

– Non, je vous assure, c'est un plaisir. Chez *Maman* dans Soho à midi ?

– Parfait. Merci infiniment Nan, j'apprécie franchement. »

Beulah la salua et entra dans la baignoire. Elle avait besoin de papoter et déblatérer sur Fenella. Elle verrait où en était Nan avec Stone, songea-t-elle en souriant. Peut-être que du positif sortirait de cette affaire sordide, Stone retrouverait alors sa joie de vivre. Elle avait constaté combien le départ de Nan l'avait affecté – même s'il s'en cachait en faisant de l'humour. Elle en avait parlé à Eliso qui avait levé les yeux au ciel et demandé de rester en dehors de tout ça mais Beulah avait décidé de ne pas en tenir compte.

Où était le mal, après tout ?

CHAPITRE HUIT

tone répondit à l'appel de son détective et nota scrupuleusement l'adresse de Nan à Oyster Bay. Il connaissait la rue – bordée de petites maisons typiques de Cape Cod, dans un quartier familial paisible. Il n'était pas surpris – Nan n'était pas du genre à vivre dans le luxe. Non par manque de classe, elle n'avait pas besoin de signes extérieurs de richesse pour être elle-même. C'est ce qu'il aimait en elle.

« Mon Dieu, réfléchis, » marmonna-t-il. « Tu crois la connaître ?

– Oui, Stone ? »

Stone sortit de sa rêverie et leva la tête. Shanae, son assistante personnelle avait passé la tête par la porte entrebâillée. « Excusez-moi, Nae.

– Vous avez besoin de quelque chose avant que je parte ? »

Il lui sourit. « Non, merci, Nae. Vous pourriez arriver plus tôt lundi ? Vers huit heures ? J'ai des trucs à voir avant la sortie du magazine.

– Bien sûr.

– Vous êtes la meilleure. Bonne soirée.

– Bonne soirée, patron. »

Le bureau était si calme, une fois vide, que Stone, n'y tenant plus, décida de rentrer chez lui. Une fois au volant, il bifurqua sur la I-495E et s'engagea sur la route familière menant à Oyster Bay. Stone refusait d'admettre qu'il n'avait aucun droit de débarquer chez Nan mais était incapable de s'en empêcher.

La nuit tombait, au bout d'une heure quinze de route, il gara sa voiture au bout d'une rue et descendit. Il trouva facilement la maison, nichée dans un bosquet, face à la route. La maison en bois était décrépite mais bien tenue – Stone imaginait Nan en train de peindre les boiseries, pleine de peinture, les cheveux relevés en chignon lâche.

Stone s'arrêta net. *Qu'est-ce qui te prends ? Tu fantasmes sur la déco et la peinture ? Nom de Dieu...*

N'oublie pas, Vanderberg, tu mates, t'es littéralement planqué *devant chez elle... en pleine nuit.* Stone expira lentement, jeta un dernier regard à la maison et rejoignit sa voiture. Putain, il perdait vraiment la tête. Il surveillait son ex ? *Non*, pensa Stone, *je m'y refuse. Oublie-la, terminé.*

Tandis qu'il démarrait, une Mercedes se gara devant chez Nan, il reconnut immédiatement un grand brun. Raoul Elizondo... il l'avait rencontré à Cannes, le jour où Nan s'était fait agresser. Stone regarda Elizondo frapper à la porte, Stone eut un coup au cœur en la voyant.

Ses cheveux bruns bouclés en bataille lui arrivaient au bas du dos, elle sourit agréablement à son ami, son sourire éclipsait les étoiles. Le désir s'empara de Stone à cet instant précis. Il ne pouvait pas tirer un trait.

Il savait au fond de lui que son histoire n'était pas terminée. Leur relation interrompue avait un goût d'inachevé. Stone vit Raoul la prendre dans ses bras et la faire tournoyer – le rire musical de Nan flotta jusqu'à sa voiture. Elizondo n'était pas son rival – il était ouvertement gay – mais il enviait l'amitié que Nan vouait à cet homme. Stone ignorait à quoi ça ressemblait – leur couple, les moments passés ensemble étaient source de tension – notamment sexuelle, ils avaient désespérément essayé de profiter l'un de l'autre, sachant que le conte de fées se terminerait bientôt.

Il ne pouvait détacher son regard des deux amis qui discutaient, Raoul lui montra quelque chose sur la terrasse, elle éclata de rire et lui donna une tape. Il la taquinait. La jalousie taraudait Stone, heureusement que sa voiture avait des vitres teintées, ils le regardèrent tandis qu'il reculait un peu violemment. Stone fit demi-tour et s'éloigna, se maudissant d'être venu.

Il était venu dans le but de trouver un élément de réponse à sa question, à savoir s'il était définitivement guéri de Nanouk Songbird, et repartais avec une flopée de questions et la ferme certitude que leur histoire n'était pas terminée.

« Tu connais cette voiture ? » Raoul suivit Nan chez elle après avoir contemplé la Lotus sombre démarrer en trombe.

« Non, et je doute que le voisinage ait une voiture pareille. On s'en fout, non ? Oh, ça fait vraiment du bien de te voir, Owl. » Nan le prit dans ses bras, recula et l'observa. « Tu as l'air... plus mature. Sûr de toi. »

Raoul sourit. « Tu veux dire vieux et bon à jeter au rebut.

– Ha ha, non, t'es en pleine forme. Je me trompe ou t'es casé ?

– Qui sait. » Raoul gloussa et la suivit dans sa minuscule cuisine. « Bon sang, Nook. T'arrives à bouger là-dedans ? »

Nan lui sourit et remplit la bouilloire. « C'est suffisant. Tout le monde ne peut pas jeter son fric en prenant une année sabbatique. »

Raoul sourit. « À propos... où est ma filleule ? Les photos et Facetime c'est bien joli mais la tenir dans mes bras est incomparable. »

Nan lui fit signe de le suivre. « Cette petite peste fait semblant de dormir mais je la connais – elle nous espionne. Un vrai petit monstre. » Elle avait le sourire en parlant de sa fille. « Viens voir. Je parie qu'elle est réveillée. »

Raoul la suivit dans la chambre d'Ettie. Comme prévu, la petite était réveillée. Elle sourit et gloussa joyeusement en les voyant.

« Petite coquine, » dit Nan, en adoration, en la prenant dans les bras. Raoul caressa la petite joue rebondie d'Ettie.

« Bon sang Nan, c'est ton portrait craché. »

Nan lui sourit. Ettie bava sur l'épaule de sa maman et se mit à rire. « Tu vois ? Un vrai monstre. » Elle donna Ettie à Raoul qui n'attendait que ça et alla se nettoyer. Raoul berçait Ettie qui tirait sur sa barbe et mettait son petit doigt dans son nez.

« Elle ne s'arrête jamais, » gloussa Nan tandis que Raoul faisait semblant de mordre les doigts d'Ettie. « T'aime bien mâchouiller les nénés de maman, hein, coquine va ? Viens, asseyons-nous. On va jeter un sort à la bouteille de vin. »

Plus tard, une fois Ettie endormie dans les bras de Raoul et Nan pelotonnée sur le canapé à côté d'eux, Raoul observa son amie. « Ce qui me surprend le plus, dit-il, c'est de revenir après tous ces mois et te trouver... heureuse. La maternité te va à merveille, qui l'aurait cru. »

Nan souriait. « Ça n'a pas été simple mais effectivement. Garder Ettie a été la meilleure décision de toute ma vie. Je ne peux imaginer ma vie sans elle. Ton père a tout fait pour m'aider à allier le travail et ma fille. Je lui dois tant. »

Raoul contempla un moment sa filleule endormie. « Elle est précieuse. Nook...

–Owl, non.

– Si. Il le faut... moi aussi j'aimerais être père un jour...et il faut que je le dise. Stone Vanderberg a le droit de savoir. »

Nan soupira et détourna le regard. Elle gardait le silence. Raoul attendait. Elle prit son visage dans ses mains. « Owl, il ne veut pas d'enfants, de plus, je ne pense pas qu'il soit très chaud à l'idée. Il me l'a dit – les enfants sont sa faiblesse. Il m'a dit clair et net qu'il ne voulait pas d'enfant. Pendant les trois premiers mois, j'ai fait comme si de rien n'était.

– Je sais. Papa m'a dit qu'il n'avait jamais vu personne travailler autant, un vrai missile de croisière. Il se doutait de quelque chose. »

Nan rit doucement. « Tu vas trouver ça étrange si je te dis que j'aurais bien aimé qu'Alan soit mon père ? J'adorais mes parents, ne me fais pas dire ce que j'ai pas dit, mais ton père me comprend mieux que mes propres parents.

– C'est vrai. »

Nan se pencha et caressa la joue d'Ettie. « Tu sais qu'il m'a proposé un an de congé maternité, payé ? J'ai refusé, même pour m'occuper de ma poupette. Telle est ma vie pour les années à venir. J'ai préféré me remettre immédiatement au travail. Et j'ai eu raison.

J'ai eu de la chance. J'ai trouvé la meilleure nounou du monde. Carrie est un amour. Je te l'aurais bien présentée si t'étais pas gay.

– Si j'étais pas gay, je *t'*aurais épousée, Nook, ce bébé aurait eu un père. » Les paroles de Raoul lui semblèrent plus rudes que prévu, il sourit pour s'excuser. « Je ne te juge pas, c'est juste histoire de dire. Mais au fait, Nan, si tu veux d'un mari, qu'est-ce que ça peut faire qu'il soit gay ? »

Nan lui sourit. « Tu es mon meilleur ami et l'homme le plus adorable au monde et y'a aucune chance que je t'épouse. Tu crois que je vais gâcher ton bonheur par pur égoïsme ? Ah ça non alors. »

Raoul riait doucement. « Heureusement que je peux compter sur Rodrigo, dans notre propriété des Hamptons, pour satisfaire mes désirs saphiques.

– Sapho c'est pour les lesbiennes plutôt que pour les gays ?

– Patate, patate. » Raoul haussa les épaules. Nan éclata de rire.

« T'es complètement fou. Merci pour la proposition mais non. Ettie a besoin d'un oncle pour la gâter – je ne lui laisserai rien passer.

– J'imagine. Ettie viendra me voir pour me demander mon avis quand elle voudra sortir avec des mecs et que tu l'en empêcheras...

– Je l'obligerai à porter des salopettes jusqu'à l'âge de trente ans.

– ... et qu'elle voudra acheter ses premiers dessous sexy...

– Hors de question. Culottes de grand-mère de rigueur jusqu'à cinquante ans. »

Raoul rit un peu trop bruyamment, Ettie ouvrit ses yeux bleus. Ils s'attendaient à ce qu'elle pleure mais elle sourit et mit à nouveau son doigt dans le nez de Raoul.

« Drôle d'habitude, ma petite, » dit-il en le retirant doucement.

« Elle doit croire que tes crottes de nez sont en or.

– C'est la version Long Island équivalant à être née avec une cuillère d'argent dans la bouche. »

Nan gloussa. « Aaah. » Elle soupira. « Je suis hyper contente de te voir, Raoul. C'était vraiment trop long. Parle-moi de tes vacances... et de cet homme mystérieux. »

L'homme qui suivait Stone avait noté l'adresse où il s'était rendu, était retourné à son bureau et fait des recherches. Il éclata de rire lorsqu'il découvrit qui habitait la petite maison de cette banlieue moyenne. L'avocate d'Eliso Patini. Son avocate ! Pourquoi diable le meilleur ami de Patini débarquait chez son avocate en pleine nuit ?

Peu importe. En agissant de la sorte, Vanderberg l'avait aidé à retrouver cette fille. Il trouva une photo d'elle sur le site du cabinet d'avocats, l'imprima et l'épingla au tableau. Il devait avouer que sa liste noire ne comptait que du beau monde – Patini, sa copine, Vanderberg et cette avocate. Nanouk Songbird. D'où sortait ce nom ? Il se demandait s'il allait la tuer de la même façon que la groupie de Patini. Pourquoi pas ? Ce serait pas la première fois. Il recommencerait. Il aimait ça.

Il contempla l'acteur au centre de la liste. Eliso Patini. Il ressentait une certaine sympathie à son égard – et se demandait bien pourquoi ? Il ne le saurait certainement jamais.

Lui – et tous ceux qu'il aimait – seraient morts depuis longtemps avant que la vérité n'éclate au grand.

CHAPITRE NEUF

lle ne s'attendait absolument pas à le voir ici. L'audience préliminaire avec le juge était censée se dérouler à huis clos, mais Nan supposait que l'envergure financière et la puissance de la famille de Stone Vanderberg ouvrait bien des portes.

Nan ressentit une foule d'émotions lorsque Stone entra dans la salle d'audience le lundi suivant. Il ne la regarda qu'après s'être entretenu avec Eliso, à qui il donna une tape dans le dos, et embrassa Beulah sur la joue. Il se retourna et fixa Nan, sans baisser les yeux. Elle se sentit rougir, Alan la regarda avec stupéfaction. Nan inspira profondément, salua Stone sans un sourire et se retourna, concentrée sur le juge désormais assis.

Le procureur les regardait d'un air narquois à l'autre bout de la salle. Son costume Saville Row qui coûtait une blinde ne réussissait pas à masquer la vraie nature de Miles Kirke. Miles Kirke, la cinquantaine, avait gravi les échelons en piétinant tout et tout le monde sur son passage. Il adorait sa réputation de requin, assoiffé de fric et de femmes – ces femmes qui s'étaient moquées de lui lorsqu'il n'était qu'un ado boutonneux et maladroit, jusqu'à ce que Wayne Kirkland, une ordure de la pire espèce, ne métamorphose Miles Kirke en

bosseur acharné et puant au débit de mitraillette. Sa fortune fami-
liale avait évidemment largement pesé dans la balance.

Miles n'avait eu aucun scrupule à ruiner l'entreprise paternelle.
Ses parents – des libéraux minables d'après Kirke – avaient été
anéantis par sa rudesse. Miles se montrait, à leur grand désespoir,
sous son vrai jour.

C'est ce qu'il préférait. Détruire. Il avait réussi à décrocher ce
poste de procureur en complotant et en anéantissant son rival, ne
tenant aucun compte des personnes qui l'avaient aidé à l'obtenir.

Il allait se faire un plaisir d'envoyer Eliso moisir en prison pour le
restant de ses jours.

Alan se pencha vers Eliso. « Tout ça c'est que des conneries, le
juge le sait. Vous avez accepté de lui remettre votre passeport et être
assigné à résidence à l'hôtel, Kirke n'a aucune raison de vous envoyer
en prison. C'est impossible. C'est uniquement pour faire les gros
titres.

– Connard, » marmonna Beulah, Eliso se contenta de hocher la
tête. Nan éprouvait une vive compassion pour cet homme abattu. Elle
adressa un regard noir à Miles Kirke – il ricana en la déshabillant du
regard. Beulah avait raison. *Connard.*

Nan avait pris un café avec Beulah le vendredi. Elle n'avait fait
que parler d'Eliso, Beulah s'inquiétait pour lui. Nan avait essayé de la
rassurer, le procureur n'avait aucune preuve. « Je vous jure qu'on ne
va pas le laisser tomber, » elle avait été touchée lorsque Beulah – si
parfaite, si sûre d'elle – avait éclaté en sanglots. Nan l'avait prise dans
ses bras.

« Pardonnez-moi, » dit Beulah, une fois ses pleurs taris. « Je n'ai
pas le droit de pleurer devant Eli. Je dois me montrer forte. » Elle
adressa un sourire reconnaissant à Nan. « Pas étonnant qu'il soit fou
de vous. Stone. » Elle écarquilla grand les yeux, ses mots avaient
dépassé sa pensée. « Excusez-moi, je n'aurais pas dû. »

Nan était bouleversée par l'aveu de Beulah. *Qu'il soit fou de vous.*
Au présent. Nan avait secoué la tête sans répondre, elle n'avait pensé
qu'à ça durant tout le week-end. Elle voyait Stone en contemplant sa

fille endormie. Serait-il toujours aussi « fou d'elle » lorsqu'il apprendrait la vérité ?

Elle ressentait sa présence dans cette salle d'audience tandis qu'elle écoutait le juge rejeter la motion du procureur. Ils se retrouvèrent tous à l'extérieur une fois la cour sortie – elle parlerait alors au père de son enfant pour la première fois depuis un an. Pour la première fois depuis qu'elle l'avait quitté, à Antibes, sans lui dire au revoir.

La raison lui disait de courir mais son corps la suppliait de rester. Même assis tout au fond de la salle, elle sentait son magnétisme. Nan osa le regarder – et soutint son regard.

Oh, merde... je suis dans la merde.

À l'issue de l'audience, Miles Kirke – qui n'avait pas l'air vexé à l'idée de perdre – sortit immédiatement et fila droit sur la meute de journalistes massée devant le tribunal. Le chef de la sécurité d'Eliso vint à leur rencontre. « Toutes les issues sont bouclées. Ils vont à tout prix vouloir vous interviewer. Mieux vaut nous séparer. Mes hommes vont vous prendre en charge, on commence par vous, M. Patini.

– Non, Beulah d'abord, puis Fen et Mlle Songbird... » Eliso était déterminé, un vrai gentleman.

« D'accord. Suivez-moi, Mlle Tegan. »

Une grosse main se referma sur Nan. « Viens avec moi. » Stone parlait d'une voix basse et assurée, Nan se mit à courir dans un long couloir débouchant sur un parking souterrain. Beulah et Fen montèrent dans des berlines noires tandis que Stone l'entraînait vers sa Lotus – une Lotus qui ne lui était *pas* inconnue.

Nan le regarda tandis que Stone sortait du parking. « C'était toi, un soir la semaine dernière... j'étais avec Raoul. »

Stone acquiesça. « J'étais, et suis toujours, sincèrement désolé. Cette violation de ta vie privée est tout simplement minable. »

Nan sentit son cœur se serrer, de colère ou de... *bonheur*, nul ne le savait. « Tu avais envie de me voir. »

Stone hocha la tête. « Oui. Pardonne-moi, Nan, j'arrête pas de penser à toi, malgré ce qu'on a dit l'année dernière. »

Dis-le lui. Dis-lui que sa fille se languit de rencontrer son père. Dis-le lui. « Où va-t-on ?

– Chez moi. Il faut qu'on parle. »

Ils conduisirent en silence les quelques minutes que dura le trajet. Ils se dévisageaient dans l'ascenseur menant à son toit-terrasse. Lorsque Stone ouvrit la porte de son appartement, Nan comprit sur le champ qu'il ne serait aucunement question de discuter, Stone ferma doucement la porte, et, comme si de rien n'était, l'attira contre lui en l'embrassa tendrement. Nan lui rendit son baiser, le désir montait. Stone ôta les épingles retenant son chignon, sa chevelure retomba en cascade, il murmura à son oreille « Déshabille-toi, Nanouk... »

Il l'aida à ôter sa veste, la fit glisser sur ses épaules et la jeta sur le tapis. Nan retira ses chaussures, Stone la prit dans ses bras tout en l'emmenant dans sa chambre tandis qu'elle passait ses jambes autour de sa taille. Il l'allongea sur son lit immense, ouvrit son chemisier, posa ses lèvres sur son ventre, ses seins, sa gorge. Nan se débarrassa de sa jupe tandis que Stone dégrafait son soutien-gorge, ses lèvres se refermèrent goulument sur son mamelon. Nan retira son pull, enfin nus, Stone passa ses jambes autour de sa taille.

« Tu prends toujours la pilule ? »

Nan hocha la tête, la culpabilité la taraudait mais elle oublia tout lorsque Stone la pénétra.

« C'est bon, » dit-il brusquement, « ... j'ai besoin de sentir ta peau. Un an que j'attends – un an... »

Il la baisait sauvagement, Nan ne savait si c'était du désir, le manque ou la vengeance. Elle s'en fichait royalement. Il faisait d'elle ce qu'il voulait – on aurait dit une pluie rafraîchissante après un épisode de sécheresse. Elle s'accrochait à lui, enfonçait ses ongles dans sa peau, le mordait, le tapait tandis qu'il la pilonnait brutalement. Elle jouit. Il l'installa à plat ventre et la sodomisa, lui procurant un incroyable orgasme.

Nan se glissa hors du lit et commença à se rhabiller. Stone la regardait, incrédule. « Où vas-tu ?

– Je suis censée être au cabinet, Stone, défendre ton ami. Aussi splendide cette réunion soit-elle... » dit-elle en souriant.

Elle tendit sa main, Stone l'attira sur lui et l'embrassa. Nan riait mais finit par le repousser. « Je ne plaisante pas. Eliso est dans la merde. »

Stone finit par la laisser et l'observa en train d'attacher son opulente chevelure en un chignon flou. « Le tailleur te va bien, » dit-il en souriant et en se rhabillant. « Bien que je te préfère nue. »

Nan se mit à rire. « Je... rêve ou quoi ? Je dois avoir la berlue. »

Stone l'embrassa. « J'arrive pas à croire que tu m'aies fait poireauter un an, Nanouk Songbird. Pourquoi t'es partie ? »

Nan détourna le regard. « Il le fallait, et tu le sais. Ce qu'on a vécu en France... était une histoire sans lendemain.

– Pourquoi ? C'est du moins ce que je croyais mais franchement, là, maintenant... » il était perplexe. « Je ne comprends pas.

– On appartient à deux mondes différents, Stone. Tu sais où je vis désormais.

– Des conneries tout ça. On est faits l'un pour l'autre et crois-moi, j'ai jamais dit ça à personne. On se fiche de nos origines ; c'est là où on va qui importe. On se voit ce soir ? »

Nan ne répondit pas sur le champ. Elle le fit en tremblant. « Non. Pas tout de suite. Pas tant que je serai l'avocate d'Eliso. Je dois me concentrer, je dois rester... professionnelle. J'ai bossé dur pour en arriver là, Stone, je sais que tu me comprends. »

Stone hocha la tête, l'air mécontent. « C'est non ?

– Disons, *pas pour le moment*. Réapprenons... à faire connaissance. » Elle lui souriait. « Peut-être avec des après-midis comme celles-ci, de temps à autre. Après tout, je ne suis qu'un être humain. »

Voir Nan par intermittences ne convenait pas à Stone – il voulait vivre avec elle, tout de suite, mais il la comprenait. « Je m'en accommoderai pour le moment mais je te préviens, Nan. Dès que cette affaire sera terminée, je ne te lâcherai plus.

– On en reparlera. » Elle s'assit à côté de lui sur le lit. « C'est pas que j'ai pas envie de toi, Stone. Au contraire – énormément, mais c'est compliqué. »

Stone la contempla. Mon Dieu, elle était si belle qu'il en pleure-rait presque – elle défendait son meilleur ami. « Ne... ne pars plus sans me dire pourquoi. Je suis trop... accro. »

Nan caressa sa joue. « Promis.

– Plus de secrets entre nous. »

Il vit son expression changer mais n'arrivait pas à deviner ce que ça cachait. Nan l'embrassa doucement, passionnément, et posa son front contre le sien. « Ça me gêne de te demander ça mais... tu pour-rais me déposer au cabinet, s'il te plaît ? »

Stone acquiesça en souriant, quelque chose le tarabusta durant tout le trajet jusqu'à son bureau.

Elle me cache quelque chose...

CHAPITRE DIX

Une semaine plus tard, Nan frappa à la porte du bureau d'Alan. « Je peux te parler ?

« Bien sûr. Assieds-toi. » Alan s'assit confortablement dans son fauteuil et l'observa. « Ça va ? Tu es pâle. »

Nan lui décocha un sourire timide. « Je manque de sommeil, mais c'est pour la bonne cause.

– Ettie ?

– Non, non, c'est un amour, elle fait ses nuits. Cette affaire... me préoccupe. Beulah a dit quelque chose concernant la victime. Qu'elle n'avait pas l'air d'avoir les moyens de s'offrir une séance de dédicace au studio. J'ai fait des recherches. Je pense avoir trouvé un témoin de l'agression. Je voulais avoir ta permission pour l'interroger et aller voir la police si jamais je trouvais quelque chose.

– Et tu penses trouver quoi ?

– J'*espère* trouver la preuve qu'on l'a payée pour agresser Eliso. »

Alan hocha la tête. « Ok... mais réfléchis bien, Nan. Tu pourrais être en danger si quelqu'un tire les ficelles.

– Je sais mais on doit essayer. Ça pourrait peser dans la balance et innocenter Eliso.

– D'accord. Ecoute, va interroger cette fille et prends ta journée. T'es toute pâle. »

NAN QUITTA le bureau de son patron, prit son sac et son ordinateur portable. Elle était tout excitée concernant sa trouvaille – tout le monde se doutait qu'Eliso faisait l'objet d'un coup monté mais la jeune fille pouvait détenir des informations concernant le commanditaire – et surtout, pourquoi. C'est la question que tout le monde se posait – pourquoi Eliso plutôt qu'un autre ? Il était acteur – riche, certes, mais pas outrageusement, il ne se connaissait pas d'ennemis parmi ses pairs ou ailleurs.

Nan retournait le problème dans sa tête en allant prendre le métro. A qui pouvait profiter d'envoyer Eliso en prison ? Sa sœur, Fenella, était encore plus riche que lui, et d'après ce que Nan avait constaté, elle adorait son frère. Beulah était aisée et raide dingue de lui. Stone... ha, impossible. Nan l'avait immédiatement écarté de l'équation. Elle se prit à rêver, voyait déjà Stone trouver le tueur et déchaîner son machisme et sa fureur sur lui. Elle se reprit vertement. *Vraiment ? La violence t'excite ?* Elle secoua la tête. Non, il ne s'agissait pas de violence, mais de la puissance physique de Stone. Ils s'étaient vus trois fois la semaine dernière, toujours chez lui, entre midi et deux. Le sexe lui faisait tout oublier mais Nan savait qu'elle flirtait avec le danger. Stone Vanderberg l'aimait. Elle savait qu'il n'attendrait pas longtemps avant de la pousser à prendre sa décision.

Mais... Ettie était sa priorité. Chaque jour, chaque moment avec sa fille lui faisait découvrir qu'elle l'aimait de plus en plus. Ettie, avec sa peau mate et les yeux bleu marine de son père, ressemblait énormément à Nan et sa tante Etta – indépendante, chaleureuse et affectueuse. Le regard innocent de sa fille, sa confiance, réchauffait le cœur de Nan. Elle ne laisserait personne faire du mal à Ettie – surtout pas Stone. Il avait été clair sur ce point – il ne voulait pas d'enfants – Nan avait passé la pire journée de sa vie lorsque la seconde barre bleue était apparue sur le test de grossesse, trois semaines après qu'elle l'ait quitté à Antibes. Huit mois après, elle considérait la naissance d'Ettie comme le jour le plus magique, le plus beau de toute son existence, bien qu'elle ait failli mourir suite à une hémorragie provoquée par la naissance compliquée d'Ettie. Nan avait tout oublié en voyant sa fille sur sa poitrine nue lorsqu'elle s'était réveillée plusieurs heures après l'accouchement, épuisée, la tête dans le gaz, endurant d'atroces souffrances, elle l'avait mise au sein. Depuis, Nan savait... que personne, quoiqu'il arrive, ne les séparerait *jamais*.

Que Stone puisse rejeter Ettie rendait Nan malade. Elle n'en faisait qu'à sa tête, elle continuait de coucher avec lui, sachant que ça ne durerait pas. Mais lorsqu'il la touchait, l'embrassait, plus rien n'existait.

Nan soupira et sauta dans le métro avant que les portes ne se referment. Peu importe ce qu'elle éprouvait pour Stone, le moment était mal choisi pour penser à lui. Elle avait du boulot, un témoin à interroger. Elle sortit son ordinateur de son sac et nota ses questions.

NAN ÉTAIT SI ABSORBÉE dans ses pensées qu'elle ne remarqua pas l'homme qui la regardait à l'autre bout de la rame. Il fixait la jeune femme effrontément – elle était superbe, d'autres mecs la mataient également – mais *eux* n'étaient certainement pas en train de penser à comment la tuer.

Qu'elle baise avec Stone pouvait s'avérer utile. Il sourit intérieurement. Il décida de suivre la jolie Songbird – bon sang, il avait touché le gros lot quand il l'avait suivi jusque chez elle à Oyster Bay. Elle avait une gosse – un bébé. Une mère célibataire c'était parfait – elle était encore plus vulnérable. Il suffirait de kidnapper la gosse – elle ferait tout ce qu'il voudrait. *Tout*. Il se demandait qui était le père et s'il était dans le coin. Il avait réussi à se procurer l'acte de naissance – le nom du père n'était pas mentionné. *Ha*. Dommage.

Une fois Nan Songbird assassinée, sa gosse devrait savoir qui était son père.

Nan Songbird descendit à Times Square, il la suivit, se posta juste derrière elle, trop près, en attendant que les portes s'ouvrent. Il vit dans son regard que cette invasion d'espace privé l'agaçait au plus haut point, un frisson le parcourut.

Retourne-toi et regarde-moi ma beauté, ouvre ta bouche pulpeuse, dis-moi de reculer histoire que je dégaine mon couteau et te poignarde, que je sente ton sang chaud gicler sur mes mains pendant que ma lame pénétrera dans ton ventre. Vas-y. Retourne-toi. Donne-moi une raison de te tuer...

Mais elle n'en fit rien. Les portes s'ouvrirent, elle se fondit dans la foule, vers la sortie. Il la suivit en gardant ses distances. Il était imprudent, elle le prendrait juste pour un détraqué de plus qui hante le métro. Il avait une mission à accomplir.

Il la tuerait plus tard.

CHAPITRE ONZE

Nan constata avec soulagement que la fille était bien présente au rendez-vous fixé dans ce bar. « Salut, Ruthie. »

La fille leva les yeux. Elle arborait un maquillage gothique ; ses cheveux plaqués en arrière avaient besoin d'un bon shampoing. « Salut, vous êtes l'avocate ? »

Evidemment, songea Nan, en lui souriant. « Je vous offre quelque chose ? »

Ruthie était toute contente. « Un whisky coca ? » dit-elle, pleine d'espoir.

Ha. « Bien tenté ma petite, je pencherais plutôt pour un milk-shake et des frites. »

Ruthie se renfrogna et opina du chef en soupirant. « Ok. » Ruthie devait avoir dix-huit ans environ, songea Nan, voire plus jeune, elle faisait plus vieux que son âge. Les jeunes appelaient ce style "Emo", dans le cas de Ruthie, c'était justifié, songea Nan.

« Alors dites-moi, vous connaissiez Willa Green ? »

Ruthie secoua la tête. « Non, comme je vous l'ai dit, je suis allée voir cet acteur parce que mon amie m'a proposé de l'accompagner. Elle avait des billets – son père est plein aux as – mais elle était timide et ne voulait pas y aller seule. J'ai dit oui. Je trouvais Eliso Patini mignon, c'est effectivement le cas – et sympa en plus. Abordable, simple.

– Vous l'avez rencontré ? » la pressa Nan en sirotant son thé.

« On est entrées dans la salle de réunion chicos du Four Seasons. On était une quinzaine. Cette fille Willa et moi on détonnait dans cette salle pleine de filles superbement maquillées, arborant des tenues de grands couturiers. Je croyais que c'était une gothique elle aussi mais quand elle m'a souri, quand elle m'a regardée... » elle imita un regard froid et inexpressif, Nan hocha la tête.

« Ok, elle était déjà bizarre avant l'arrivée d'Eliso ?

– Ouais, et le plus étrange c'est que lorsqu'il est arrivé, la majeure partie des filles criaient et pleuraient, elle le regardait comme si... » Ruthie ne poursuivit pas et secoua la tête, Nan avait envie de crier de rage.

« Comme si elle le détestait ? » Doucement. N'influence pas le témoin.

Ruthie secoua la tête. « Non, plutôt comme si... elle ne le reconnaissait pas. Du *tout*. Elle regardait toutes ces filles qui criaient, fixa un des employés de l'hôtel, elle pensait qu'elles criaient à cause de lui. Comme si elle avait du mal à se focaliser sur Eliso. »

Nan enregistrait tout. « D'après vous, elle ignorait qui était Eliso Patini ?

– Complètement. J'ai été hyper choquée quand elle s'est mise à lui hurler dessus.

– Vous vous souvenez de ce qu'elle a dit exactement ?

Ruthie hocha la tête, l'air grave. « Impossible d'oublier. Elle lui a demandé s'il savait ce qu'il lui avait *fait*. Quand Eliso a essayé de la calmer en lui demandant ce qui se passait, elle s'est jetée sur lui et l'a griffé au visage. Ses gardes du corps l'ont attirée à l'écart mais Eliso leur a ordonné de pas lui faire de mal. Il était adorable. Elle n'arrêtait pas de crier "Regarde ce que tu me m'obliges à faire, regarde ce que tu me m'obliges à faire." Et puis elle s'est mise à pleurer. Elle sanglotait à chaudes larmes. Eliso a essayé de lui parler mais elle lui a simplement répondu "va te faire" ». Elle frissonnait en se remémorant la scène. « Comme cette fille qui crache sa bile verte sur le prêtre. »

Nan la regarda d'un air perplexe. « Hein ?

– L'Exorciste. » Ruthie lui adressa l'ombre d'un sourire. « Sans déconner. Ça fichait la trouille. On avait demandé à cette fille de lui dire tout ça – j'en suis persuadée. Eliso Patini n'est pas le meurtrier. »

Nan préféra marcher jusqu'au cabinet plutôt que prendre le métro. Ce pauvre type l'avait contrariée tout à l'heure, elle n'avait pas envie de se laisser distraire par qui que ce soit. Elle était perdue dans ses pensées lorsque son portable sonna. Stone. « Salut ma beauté, où es-tu ?

– Sur la Sixième Avenue, » dit-elle, contente. « Alan m'a donné mon après-midi, je flâne. Je pense avoir une piste concernant Eliso.

– Vraiment ?

– Oui.

– Excellente nouvelle. Je passe te chercher, on pourra discuter. »

Nan hésita une seconde avant d'accepter. « Ok, mais je ne veux pas rentrer tard à Oyster Bay. » Elle se sentir rougir, même s'il ne pouvait pas la voir. « Je suis prise ce soir.

– Je te ramènerai. »

Vingt minutes plus tard, elle était assise dans sa Lotus. Stone lui sourit et prit sa main. « Tu as le temps de venir chez moi, ou on va chez toi pour changer un peu ? »

Nan réprima à grand peine sa panique. « C'est le bazar chez moi, j'ai des dossiers et de la paperasse partout. » *Et quoi d'autre, des baguettes magiques, des licornes ? De la paperasse ? Bon sang, trouve de meilleures excuses.* « J'ai honte que tu vois mon appart dans cet état.

– Comme tu voudras. » Stone haussa les épaules, Nan était soulagée qu'il ne relève pas.

« Allons chez toi, » dit-elle d'une voix sensuelle, en posant sa main sur la protubérance de son jean. Elle serra doucement, Stone poussa un gémissement, son sexe répondait à sa caresse.

« Bon sang, je bande rien qu'à l'idée... »

– Fais voir. »

Il entra dans le parking souterrain de son immeuble, se gara en vitesse sur sa place réservée, la tira quasiment hors de la voiture et l'entraîna jusqu'à l'ascenseur. Ses mains glissèrent sous sa jupe, il déchira son slip d'un mouvement sec et releva sa jupe sur ses hanches. Stone s'agenouilla et enfouit son visage entre ses cuisses. Il léchait son clitoris tandis que Nan poussait un cri et fermait les yeux. Sa langue montait et descendait le long de sa vulve, il l'enfonça dans sa chatte, donna de grands coups de langue. Elle gémissait, le suppliait de continuer. Il mordillait son clitoris, elle hurlait. Il se releva, défit sa braguette et sortit sa verge énorme en érection, palpitante.

« Écarte encore plus les jambes, » ordonna-t-il en plaquant ses mains contre la paroi de l'ascenseur. Nan obéit, elle haletait tandis qu'il la pénétrait, qu'il la baisait sauvagement, sans pitié, l'ascenseur poursuivait son ascension jusqu'à son étage. S'il s'arrêtait avant, il n'arriverait jamais à reculer assez vite, mais Nan s'en fichait. Stone était un dieu, sa bouche avide, son désir sans borne était excitant, diablement érotique.

« Je pourrais te baiser jour et nuit, » gémit-il. « Et j'en n'aurais pas encore assez, Nan Songbird. »

Il lâcha ses mains et la prit dans ses bras, elle enroula ses jambes autour de sa taille, la porte donnait directement sur son toit-terrasse. Ils tombèrent par terre, il écartait grand ses jambes, un frisson la parcourut, Stone la pénétrait profondément, il la possédait. Sa chatte se contractait sur sa bite, elle l'enserrait entre ses cuisses, le frotte-ment augmentait, ils allaient atteindre l'orgasme, s'accrochant l'un à l'autre, sans se retenir.

Stone la mordit à l'épaule, elle planta ses ongles dans son dos, il aurait des marques. Ils s'amusaient et se battaient en même temps. Peu importe qu'ils y laissent des plumes, ils baisèrent comme des bêtes jusqu'à l'épuisement, haletants. Allongés tout nus sur son épais tapis, ils se regardèrent et éclatèrent de rire. Stone se mit de côté. « Tu sais que t'as un corps de rêve ? » Il effleura son corps et caressa son sein.

Nan souriait. « Ce serait mieux avec cinq kilos en moins mais merci quand même.

– Je t'interdis de perdre un gramme, » dit-il en souriant. « Franchement, tes formes... m'ensorcellent, je vais te prouver que tu es parfaite. »

Nan lui obéit, à son grand étonnement, ses compliments ne lui procuraient aucune gêne. Stone caressait ses pieds. « De beaux petits pieds, » ses mains remontèrent sur ses chevilles. « Une peau soyeuse. » Il effleurait l'intérieur de ses cuisses, écartait légèrement ses jambes. Il caressa sa peau douce tandis que ses lèvres trouvaient son clitoris.

Il lui souriait. « Mon paradis. » Nan lui rendit son sourire

« Coquin, va. »

Il gloussa, ses lèvres effleuraient son ventre. « Je jure devant Dieu que ton ventre est la zone la plus érotique qui soit – ton nombril rond et profond... » Il glissa sa langue à l'intérieur, mimant l'acte sexuel, sa langue comme une queue, le fourrait, l'embrassait. Nan se tordait de plaisir, gémissait doucement.

Stone sourit d'un air taquin. « T'aimes ça hein ? Ma langue aimerait monter plus haut mais si ça te plaît tant que ça... » Son doigt remplaça sa langue, il l'enfonça dans son nombril tandis que sa bouche remontait le long de son estomac et se lova sur ses mamelons. « De beaux seins tout doux, gros et moelleux. Tes tétons... des petits boutons, tout doux... »

Nan flottait dans un océan de plaisir mais elle se sentait vide. Ses seins étaient gorgés de lait pour *leur* enfant... l'enfant dont Stone ignorait tout. Sur le moment, elle voulut le lui dire mais elle oublia tout lorsqu'il l'embrassa et la pénétra sauvagement.

Ils baisèrent pendant des heures jusqu'à ce que la nuit commence à tomber, Nan regarda sa montre. « Il faut vraiment que j'y aille. »

Stone et elle se rhabillèrent, il lui tendit sa main. « Viens. »

Nan ne savait que faire alors qu'ils roulaient vers Oyster Bay. Elle avait envoyé un message à Carrie pour la prévenir qu'elle récupérerait Ettie plus tard, elle se retrouvait devant un dilemme.

Elle savait qu'elle aimait Stone, qu'elle était en train de tomber *amoureuse* mais elle ne pouvait pas avancer en continuant de lui cacher l'existence d'Ettie. S'il les rejetait, elle aurait le cœur brisé, elle ne voulait pas imaginer sa douleur le jour où ça se produirait.

Le lui cacher était injuste. Non... le moment était venu.

Ils s'arrêtèrent devant chez elle, Stone se pencha et l'embrassa. « Soit j'entre, soit je repars. Qu'est-ce que tu choisis ? »

Nan hésita, elle était à deux doigts de l'inviter à entrer, lui montrer la chambre, lui dire la vérité, elle regarda dans le rétroviseur, son courage s'évanouit. Carrie, l'air pressée, poussait le landau d'Ettie vers la maison de Nan. Merde, elle était à la bourre.

« Stone... »

Son portable sonna, il le regarda, visiblement contrarié. Son visage s'éclaira. « Désolé, je dois répondre. Ted ? Tout va bien ? »

Nan déglutit, elle avait les joues en feu en voyant Carrie approcher. Heureusement, les vitres de la voiture de Stone étaient teintées. Elle regarda son amant, il était sous le choc.

« Oui. Oui, je comprends. » Son visage d'ordinaire stoïque se tordait de douleur. « Je suis sur l'île... j'arrive dans dix minutes. Ok, ok, à tout de suite. »

Il raccrocha et se frotta le visage.

« Ça va ? » Nan toucha sa joue, il tint sa main, les yeux fermés, et secoua la tête.

« Non. Non, ça va pas... mon père est mort. Je dois y aller. »

NAN le salua et descendit de la voiture, que Stone n'hésite pas à l'appeler. *Mon Dieu, pauvre Stone.* L'émotion qui l'avait envahie à la mort de ses parents la submergeait. Quel que soit l'âge, on ne s'en remettait jamais.

Carrie lui sauta dessus. « Oh, Dieu merci, Nan. Je suis vraiment désolée mais Jed est malade et je dois m'occuper de lui. »

Nan prit Ettie endormie et passa un bras autour de Carrie. « Je suis sincèrement désolée.

– Il risque d'être en quarantaine selon la gravité, alors... »

Nan avait le cœur brisé mais sourit à Carrie. « Ne t'inquiète pas

Carrie, je travaillerai depuis chez moi quelques jours. Tu fais tellement pour moi. Si je peux faire quoi que ce soit... »

UNE FOIS CARRIE PARTIE, Nan et Ettie entrèrent à la maison, elle ferma la porte derrière elle. Encore un choc. Elle s'assit sur le canapé avec Ettie blottie dans ses bras et renifla son odeur de talc. « Je t'aime plus que tout, Tee-Tee, » murmura-t-elle à sa fille. Ettie, dans son sommeil, tendit ses petits doigts et poussa la joue de Nan.

« Dors, dors, petite étoile, » fredonnait doucement Nan en fermant les yeux, elle pressait ses lèvres sur le front de sa fille. Elle repensait à Stone, en train de filer à toute allure rejoindre sa famille dans leur immense propriété à l'autre bout de la ville. Elle réalisa avec culpabilité et peine que le grand-père d'Ettie venait de mourir. Un grand-père qui ignorait tout de son existence. *Oh mon Dieu...*

Des larmes se mirent à couler sur ses joues et pour la première fois, Nan se rendit compte de son énorme erreur. « Qu'ai-je fait, Tee-Tee ? » Ses larmes silencieuses ruisselaient.

Qu'ai-je fait ?

CHAPITRE DOUZE

L e cœur de Stone battait au ralenti aujourd'hui. Il portait le cercueil de son père dans la longue allée de la cathédrale mais ne sentait pas son poids, seul son chagrin plombait sa poitrine.

Il aperçut Eliso et Beulah se donnant la main, tous deux aussi peinés que lui. Eliso lui toucha le bras lorsqu'il passa à côté de lui, en guise de soutien silencieux. Diana, la mère de Stone essuyait silencieusement ses larmes devant l'assemblée, soutenue par la tante et l'oncle de Stone. Son frère, Ted, qui portait lui aussi le cercueil, lui adressa un signe de tête tandis qu'il le déposait sur son socle, ils retournèrent auprès de leur mère.

Stone laissa son regard errer parmi les fidèles. Il se sentit plus léger lorsqu'il l'aperçut, assise sur le banc du fond. *Nan*. Elle était venue. Il voulait aller la voir, prendre sa main, qu'elle le réconforte dans ses bras. C'était la première personne à laquelle il avait pensé ce matin, il en était tout remué. Lui, Stone Vanderberg, avait *besoin* d'elle. C'était la femme de sa vie. Ils avaient énormément discuté depuis la mort de son père. Ironie du sort, ils ne s'étaient pas revus depuis. Nan lui avait dit que sa famille avait besoin de lui, mais que s'il voulait la voir, elle irait le voir à Oyster Bay.

Au final, sa mère l'avait complètement accaparé, il n'avait pas eu une minute à lui, ils s'étaient parlé tous les soirs, jusqu'à l'épuisement. Un matin, Stone se réveilla et découvrit qu'il n'avait pas raccroché son téléphone, il l'entendit dormir quelques instants avant de raccrocher. Il ne voulait pas qu'elle le prenne pour un fou, il avait envie de savoir quel effet ça faisait de se réveiller à ses côtés. Oui, c'est ce qu'ils avaient fait en France, mais leur relation était différente désormais... il aspirait à autre chose. Il voulait passer du temps avec elle – pour toujours.

Elle surprit son regard et lui adressa un sourire adorable, articulant un « Ça va ? »

Forma un *Je t'adore* du bout des lèvres, ce n'était ni le lieu ni le moment, il hocha la tête et articula « Merci d'être là. »

Nan posa sa main sur son cœur, les yeux de Stone s'embuèrent. Non, il n'allait pas pleurer, il se retenait depuis des jours, ne se laissait pas aller, même en privé. La vérité lui sauta aux yeux : il était amoureux de Nan Songbird.

Lors de la veillée, il avait rempli son devoir et s'était d'abord recueilli avec sa famille avant d'aller voir Nan. Eliso et Beulah se frayaient un passage parmi les membres de sa famille pour le moins curieux. Certains avaient bien évidemment compris la nature de la relation entre Nan et Stone, il l'avait embrassée sur la bouche sans hésiter. « Merci d'être là, » murmura-t-il contre ses lèvres. « Ça me touche infiniment. »

Nan le serra fort contre elle et s'écarta, il lui donna la main. « Comment tu vas ?

– Pas terrible mais ça va mieux puisque tu es là. Salut Eli et Beulah, merci d'être venus.

– De rien frérot. » Eliso embrassa son ami, Beulah embrassa Stone sur la joue. « Qu'est-ce qu'on peut faire pour toi ?

– Vous êtes là, je ne peux demander mieux. » Il serra la main de Nan. « Je peux te parler un instant seul à seul ? »

Le temps avait fraîchi, l'automne approchait. Nan frissonna, Stone la blottit dans ses bras. « Heureusement que tu es là, je t'assure. »

Nan l'embrassa. « Je suis sincèrement désolée pour ton père, Stone. Vraiment.

– Je ne comprends pas... il était en forme et avait à peine soixante-cinq ans.

– Que lui est-il arrivé ?

– Maman m'a dit qu'il était tombé malade après avoir déjeuné à l'extérieur avec Ted. D'après le légiste, il aurait fait un choc anaphylactique. Nous le lui connaissions aucune allergie. Les résultats de toxicologie nous parviendront ultérieurement. Putain. Maman est... anéantie. Elle vient de perdre son meilleur ami, son mari, l'amour de sa vie. » Stone ferma les yeux et appuya son front contre celui de Nan. « Je pourrais dire que je ne sais pas à quoi ressemble l'amour... ce serait pur mensonge. C'est terminé tout ça. J'ai pas envie de te dire *je t'aime* pour la première fois aux obsèques de mon père... mais saches une chose. Tu es la femme de ma vie, Nan Songbird. »

Elle avait les larmes aux yeux, Nan était sur le point de parler lorsqu'ils entendirent une voix derrière eux. « Salut. »

Stone se retourna et aperçut son frère qui les regardait attentivement, les yeux cernés. Ted leur adressa un pâle sourire. « Tu me présentes ton amie, Stone ?

– Bien sûr. » Stone était tendu – Ted était ivre. Stone le voyait à ses yeux. Il aimait son frère de tout son cœur mais connaissait ses attentes, il était conscient des regards que Ted lançait à Nan. « Nanouk Songbird, je te présente mon frère, Edward Vanderberg... Ted pour les intimes. Ted, voici... Nan, ma petite amie. »

Nan serra la main de Ted – bien trop calme – elle avait remarqué l'éclair de malice qui brillait dans les yeux de son frère. Elle regarda Stone pour se rassurer tandis que Ted sirotait son whisky.

« Vous vous connaissez depuis longtemps ? »

Stone posa son bras autour des épaules de Nan. « Un petit moment. Un an... environ. » Il sourit à Nan, elle lui adressa un pâle sourire qu'il ne comprit pas. « On s'est rencontrés l'année dernière au Festival de Cannes, Ted. Nan est avocate. Elle défend Eliso.

– Et tu l'as rencontrée comment ? » Ted employait un ton condescendant, Stone le regarda méchamment. Il avait un problème ou quoi ?

Nan prit la parole sans lui laisser le temps de répondre. Vu le ton de sa voix, le frère de Stone ne l'impressionnait pas. « Stone m'a secourue alors qu'un certain Duggan Smollett essayait de me violer et me tuer. Ça nous a rapprochés.

– Ça vous a... *rapprochés* ?

– Ça suffit, Ted. » Stone était à deux doigts d'exploser. Il prit Ted par le bras et l'attira à l'intérieur. « Rentre et bois un café. Ça devient gênant, Maman n'a pas besoin de ça aujourd'hui. »

Le sourire de Ted s'évanouit, on aurait dit un petit garçon. « Ouais. Désolé. » Il regarda Nan en souriant faiblement. « Excusez-moi. Ravi d'avoir fait votre connaissance.

– Également, » répondit Nan. Stone appréciait son mensonge. Le jour était mal choisi pour se montrer désagréable.

PLUS TARD, Nan alla le saluer. « J'aurais bien aimé que tu restes, » dit-il à regret, mais elle secoua la tête.

« Merci mais ta place est auprès de ta famille. »

Stone ôta les cheveux devant son visage. « Tu crois qu'on va finir par arriver à se réveiller ensemble un de ces jours ? Ça me manque. »

Nan acquiesça. « Moi aussi... c'est un peu compliqué en ce moment.

– Et bien facilitons les choses. Installe-toi avec moi. »

Nan inspira profondément. « Je ne peux pas... pas tout de suite, Stone. »

Stone l'embrassa. « Je te demande juste d'y réfléchir.

– Promis. » Elle l'embrassa et se dirigea vers sa voiture. Sa vieille Honda cabossée dénotait parmi les Bentley, Lotus et Mercedes garées le long de l'allée en gravier.

Elle conduisit jusqu'à la gare, bouleversée. Nan savait qu'elle avait commis une erreur en cachant l'existence d'Ettie à Stone depuis sa naissance, elle paniquait, il s'agissait bien d'*amour*.

Elle prit le train jusqu'en ville et arriva au bureau. Alan vint la voir dès son arrivée. « J'ai de mauvaises nouvelles.

– Quoi encore ?

– Ruthie a disparu. On est allés la chercher pour l'emmener en lieu sûr avant qu'elle témoigne mais la police était déjà sur les lieux. »

Nan eut la nausée. « Qu'ont-ils trouvé ?

– Du sang. Beaucoup.

– Oh, mon Dieu non... » Nan s'effondra sur une chaise et prit son visage dans ses mains. Alan tapota son épaule.

« Je déteste dire ça mais heureusement qu'elle a tout raconté à la police avant. On pourra toujours s'en servir pour que les charges pesant contre Eliso soient abandonnées.

– Et Ruthie ?

– La police s'en occupe, Nan. Je suis désolé mais ce n'est plus notre affaire. Écoute, j'ai demandé un non-lieu ; je doute que le témoignage de Ruthie suffise mais sait-on jamais.

– Ok. » Nan se frotta le front. Pauvre Ruthie. « Je dois découvrir pourquoi le procureur ne lâche pas l'affaire alors que les témoins sont... agressés. » Elle se raccrochait à l'espoir que Ruthie était bien vivante. « Ça devient dangereux.

– Je sais. Fais gaffe, Nan. On ignore qui tire les ficelles. »

ELLE PRIT le train pour rentrer sur Oyster Bay ce soir-là, l'avertissement d'Alan l'avait rendu parano. Elle regarda autour d'elle en allant chercher Ettie chez Carrie, rentra rapidement, s'enferma à double tour et relâcha enfin la pression. Ettie s'endormit rapidement, ses petites joues bougeaient en tétant sa sucette. Nan était épuisée, son corps était lourd, ses seins, gonflés de lait. Elle coucha Ettie dans son berceau, prit le tire-lait dans la chambre d'enfant et referma légèrement la porte.

Elle se prépara un thé et s'installa sur le canapé, la tête en arrière, tout en tirant son lait. « C'est super sexy, » se dit-elle en rigolant. Ils se gardent *bien* de parler de tout ça quand ils encouragent l'allaitement...

Elle était décontractée malgré la succion exercée sur ses mamelons, elle allait tomber comme une masse. Pourquoi était-elle si fatiguée ces derniers temps ? Les séances de sexe non-stop avec Stone ? Bosser comme une dingue sur le dossier d'Eliso ? Elle s'endormit, sa dernière pensée concernait l'enlèvement de Ruthie...

UN COUP FRAPPÉ à la porte la réveilla en sursaut, elle se rua pour répondre avant que les coups ne réveillent Ettie. Elle était encore dans le gaz lorsqu'elle ouvrit la porte et recula, sous le choc.

Stone lui sourit et était sur le point de parler lorsqu'Ettie se réveilla et se mit à pleurer.

CHAPITRE TREIZE

Une myriade d'émotions parcourut Stone, la plus violente étant la confusion la plus totale. Nan, son chemisier refermé à la hâte, le regardait avec une culpabilité flagrante. Elle paniqua lorsque le bébé se mit à pleurer.

« *Compliqué*, » lui répétait Stone. Tout s'éclairait. Elle avait quelqu'un – *voilà* pourquoi elle ne l'avait jamais fait entrer. Et en plus... ils avaient un *enfant*.

Stone se figea sur le champ. « Je crois que je dérange. Je vais y aller. » Il avait une envie folle d'entrer et régler son compte au mec à l'intérieur.

Nan le fixa une seconde, elle allait le supplier de rester, elle ferma les yeux et secoua la tête. « Non. »

Stone pivota sur ses talons. « Je ne m'attendais pas à ça de toi, Nanouk. C'est... *Dieu du ciel*... ça dépasse le simple mensonge.

– Tu as raison. Stone, je t'en supplie. Entre, je vais tout t'expliquer. »

Il hésita mais sa curiosité l'emporta. Il opina brièvement du chef. « Je veux toute la vérité.

– Je le jure devant Dieu. »

Il la suivit à l'intérieur, s'attendant à tomber sur un homme. Elle alla dans une autre pièce de la maison. Stone attendit au salon. Nan émergea sous peu, un jeune enfant – un très jeune enfant– dans ses bras. Son cœur battait la chamade.

« Stone... je te présente Ettie. Elle a quatre mois. » Nan parlait d'une voix tremblante, Stone ne pouvait détacher ses yeux de l'enfant. Elle avait la peau couleur caramel et les cheveux noirs de Nan... mais ses yeux bleu marine parlaient d'eux-mêmes.

Stone observait Nan. Il voulait l'entendre de sa propre bouche. Elle hocha la tête. « Oui. Oui, Ettie est ta fille, Stone. »

Stone la regarda, sous le choc, elle se mit à pleurer doucement.

DES HEURES PLUS TARD. *Des heures.* Nan avait l'impression qu'on lui avait arraché le cœur, qu'il était devenu froid comme un bloc de glace et avait explosé en mille morceaux. Elle était allongée sur le lit, Ettie dormait à ses côtés. Voilà – elles étaient seules au monde avec Ettie. Elle croyait que le cœur de Stone l'emporterait sur la raison – elle avait perdu.

Il ne voulait pas d'elles.

Elle n'arrivait toujours pas à y croire. Il avait ouvert la bouche pour parler, puis, alors qu'elle lui tendait sa fille, s'était tourné, était sorti de la maison en refermant doucement la porte derrière lui. Elle se demandait pourquoi il ne l'avait pas claquée, mais elle lui était reconnaissante de cette ultime marque d'attention.

Bon sang, t'es qu'une imbécile Songbird. T'avais tout pour être heureuse et t'a tout foiré par lâcheté.

Nan déposa un baiser sur la joue rebondie d'Ettie. « On est là, toutes les deux, » murmura-t-elle en soupirant profondément. « Tout va bien. »

Tout va bien. Elle se le répétait tel un mantra. Elle dormit d'un sommeil troublé et fut réveillée quelques heures plus tard par un coup de fil d'Alan, les poursuites contre Eliso étaient abandonnées.

. . .

ELISO DEMANDA à Alan de le lui répéter deux fois pour s'en persuader.
« C'est terminé ?

– Les *poursuites* sont abandonnées. Miles Kirke m'a téléphoné en
personne pour me l'annoncer. Ce qui me chiffonne c'est qu'il n'avait
pas l'air plus contrarié que ça. Il a perdu et ça ne lui fait ni chaud ni
froid ? J'aime pas ça – ça cache quelque chose. »

Nan fronça les sourcils. « Il a dit pourquoi ?

– Il paraît que le témoignage de Ruthie a fait mouche.

– Foutaises, » Nan s'arrêta d'elle-même. Désolée. Mais j'y crois
pas. »

Beulah approuva. « Moi non plus. C'est un truc de fou depuis le
début, non ? Et d'un coup d'un seul, grâce au témoignage d'un seul
témoin, pouf, envolé ? Oui, je suis d'accord avec Nan. Ça sent
mauvais. »

« Oui mais pour le moment, réjouissons-nous, les charges ont été
abandonnées. On va vous rendre votre passeport Eliso, mais ne
quittez pas New York – au cas où.

– D'accord. Beulah a une séance photo sur Manhattan, mon
prochain film est dans un mois.

– Parfait. Restons en contact. »

Alan réintégra son bureau, Nan s'assit un moment avec Eliso et
Beulah. « Comment vous sentez-vous ? » demanda Nan à Eliso.

« Lessivé. Ce matin encore j'étais accusé de meurtre et maintenant
? C'est surréaliste.

– Restez sur vos gardes. Quelqu'un vous en veut Eliso, et cette
personne rôde toujours.

– Je sais. »

Beulah observait Nan, qui se demandait si Stone lui avait parlé.
« Vous avez l'air fatigué, Nan. Et si on dînait ensemble ? »

Nan lui sourit. « Je peux vous rejoindre un peu plus tard ? Ne dites
rien à Alan mais je compte aller voir Miles Kirke et lui demander à
quoi il joue.

– Est-ce bien prudent ?

– Kirke est trop malin pour être impliqué dans quoi que ce soit de
dangereux. Je parie qu'il savait très bien que ça se terminerait comme

ça, qu'on ne trouverait rien qui prouverait que vous étiez tombé dans un piège. Il limite la casse, je pense qu'on peut le rallier à notre cause.

– Girl power. » Beulah lui sourit, Nan partit d'un petit rire.

« En quelque sorte. »

MILES KIRKE EST un *égocentrique narcissique prétentieux*, décréta Nan une heure après tandis qu'il la regardait en ricanant, derrière son immense bureau d'époque. *Soi-disant* d'époque, conclut-elle. Son bureau était le portrait craché de Kirke – grand et impressionnant en apparence – banal et superficiel au final.

« Je ne sais que vous dire Mlle Songbird, hormis que vous m'avez convaincu. Eliso Patini n'est pas plus le meurtrier que moi. »

Nan rétrécit les yeux. *Toujours à se croire mieux que les autres.* « Permettez-moi de vous livrer le fond de ma pensée, M. Kirke, cette affaire est mal ficelée depuis le départ, il s'agit à mon avis, d'un gros coup de pub. »

Une rage sourde brillait dans ses yeux, Nan comprit qu'elle était allée trop loin. « Mlle Songbird... votre patron est au courant de votre présence ici et de vos accusations ? »

– Non, je n'accuse personne M. Kirke, je vous demande simplement comment ce manque cruel de preuves a conduit à engager des poursuites, pour finalement les *abandonner* ? »

Miles Kirke se redressa et ouvrit grand ses mains devant lui. « La vie est ainsi faite voyez-vous. Je vous ai observée Mlle Songbird, ainsi que votre parcours. Vous êtes tenace, une qualité qui serait fort utile dans ce cabinet.

– Vous me proposez un poste afin de détourner mon attention M. Kirke ? » Mon dieu, ce type était obséquieux au possible.

« Non, je vous propose ce poste pour vous piquer à Elizondo. Vous et moi formerions une équipe du tonnerre. »

Ah bon ? Vue sa façon de la reluquer, elle comprit *clairement* de quel genre d'équipe il parlait. « C'est très aimable à vous mais mon poste me convient parfaitement, je vous remercie.

– Et Stone Vanderberg ? Que pense-t-il de la situation ? »

Nan se figea. « Je vous demande pardon ? »

Miles ricana, elle avait envie de lui casser la figure. « Les gens parlent. Moi, j'écoute.

– Je vous suggère d'oublier ce que vous avez entendu ou pas concernant ma vie privée, M. Kirke. » Elle se leva. « Merci de m'avoir reçue.

– Vous devez être un super coup. »

Nan était hors d'elle. « Vous pouvez répéter ? »

Kirke s'était levé, il fit le tour de son bureau et attrapa ses poignets. « Vous avez parfaitement entendu. Et après, Nan ? Laissez-vous faire. Il paraît que Vanderberg est raide dingue de vous, il n'est pas du genre à être conquis. »

Nan lui donna un coup de genou dans les couilles, il s'effondra mais partit d'un sale rire.

« Espèce d'ordure, » dit Nan, folle de rage. « J'en réfèrerai à votre patron.

– Oh, je ne crois pas, » répondit Miles, il se reprenait vite et lui adressa un sourire mauvais. Il marcha lentement jusqu'à son bureau, prit un dossier et le lui lança. « Je doute que vous ou Stone Vanderberg ayez envie que votre fille fasse la une des journaux. L'avocate de Patini couche avec son meilleur ami depuis belle lurette ? Ça sent le conflit d'intérêt à plein nez. »

Nan était bouche bée. « Vous m'avez fait *suivre* ?

– Evidemment. Je me renseigne toujours sur qui j'ai en face. Vous avez rencontré Vanderberg l'année dernière à Cannes, vous êtes sortis ensemble, vous avez donné naissance à sa fille avant de renouer cette année. Le beurre et l'argent du beurre, n'est-ce pas, Songbird ? »

Nan avait envie de vomir et crier. Elle prit son sac et claqua la porte du bureau de Kirke, sa secrétaire lui lança un regard compatissant. Il était apparemment coutumier du fait. *Connard.*

Nan songea à quelque chose en prenant le train ce soir-là. Elle en avait plus que soupé des hommes ces temps-ci. Elle passa récupérer Ettie, tint sa fille tout contre elle, la sentait, sa chaleur était un baume apaisant sur ses nerfs à vif. Que Dieu fasse qu'Ettie n'ait jamais à subir de harcèlement moral ou sexuel. Duggan Smollett et Miles

Kirke étaient du même acabit – des hommes riches qui obtenaient tout ce qu'ils voulaient. Si elle pouvait, elle ferait tout pour les faire plonger.

Elle introduisait sa clé dans la serrure lorsqu'elle entendit un homme la héler. « Mademoiselle Songbird ? Mademoiselle Nanouk Songbird ?

– Elle-même. »

Il lui tendit une enveloppe. « Vous êtes convoquée. Bonne journée. »

C'est quoi ce bordel ? Elle le regarda sautiller jusqu'à sa voiture et la saluer, tout content. Sa liste noire comptait désormais *trois hommes.* Elle rentra avec Ettie, la nourrit et lui donna le bain avant d'ouvrir l'enveloppe. Ettie gazouillait joyeusement sur son tapis de jeu lorsque Nan prit enfin connaissance de l'en-tête et du contenu de la lettre. Elle émanait d'un avocat de l'Upper East Side encore plus prestigieux qu'Alan. Elle la parcourut et poussa un cri horrifié.

Stone l'attaquait pour obtenir la garde d'Ettie.

CHAPITRE QUATORZE

Eliso et Beulah furent arrêtés en chemin par des fans en rentrant à leur hôtel. Eliso avait fait des selfies et signé des autographes avec le sourire et toujours un mot gentil, il était content de réintégrer leur suite douillette. Beulah déposa un baiser sur ses paupières.

« On est tous fatigués, » remarqua-t-elle. « Nan n'avait pas l'air en forme, tu as vu ?

– Je ne la connais pas suffisamment pour juger, » répondit Eliso. « Je crois qu'on est tous crevés. »

Beulah plongea ses doigts dans ses boucles brunes. « Je sais comment fêter notre liberté. »

Eliso souriait. « Ah oui, et comment ? »

Beulah lui sourit et passa dans la salle de bain. « Un bon bain chaud à deux, un bon dîner...

– Et ? »

Il l'entendit glousser depuis la salle de bain. « Du sexe torride jusqu'au bout de la nuit.

– Je vois de quoi tu parles. » Eliso ôta sa cravate et sa veste. Beulah revint dans la chambre. « Tu commences sans moi ?

– Hors de question.

– Laisse-moi faire. »

Eliso secoua la tête. « Oh non. Ce soir, c'est moi qui commande, *Bella*. »

Beulah souriait, il prit ses mains et embrassa l'intérieur de ses poignets. « Je t'aime, espèce de rital.

– *Je t'aime, Bella* Beulah, *je t'aime...* »

Il glissa ses mains sous sa robe et la lui retira. Ses seins ronds tenaient fièrement sans soutien-gorge, il se pencha et suça son téton tandis qu'elle caressait ses boucles brunes. Il effleura son ventre légèrement bombé et frémissant sous ses doigts, descendit son slip sur ses jambes.

« Une vraie déesse, » murmura-t-il contre son ventre, elle gloussa et poussa un cri lorsqu'il écarta ses jambes et suça son clitoris.

Il souriait en l'entendant gémir, il empoigna ses fesses parfaites et se plaqua contre elle. « Mon Dieu, Eli... j'ai envie de ta queue... »

Il continua et lui procura un orgasme, se leva, retira son jean et son slip tandis que Beulah défaisait sa chemise. Son sexe en érection palpitait douloureusement, il la prit dans ses bras et l'allongea sur le lit.

« J'ai envie de te faire une fellation, » dit Beulah. Il acquiesça tandis qu'elle prenait son sexe dans sa bouche chaude. Il bandait encore plus en voyant son membre entrer et sortir de ses lèvres pulpeuses, il éjacula dans sa bouche, elle avala son sperme. Il bandait de nouveau, il avait trop envie d'elle, il la poussa sur le lit, elle ouvrit grand les jambes, la vue plongeante était magnifique sur sa chatte rose et béante, toute mouillée, qui n'attendait que lui.

« *Mon Dieu*, Beulah, *mon Dieu...* » Il s'allongea sur elle et enfonça profondément en elle sa verge en érection, elle se contorsionnait sous lui, il la pilonnait sauvagement, elle plantait ses ongles dans son dos, l'encourageant à la pénétrer encore plus à fond, plus brutalement, sans s'arrêter.

Ils baisèrent des heures durant, rirent et plaisantèrent comme un vrai couple, soulagés que le cauchemar ait pris fin. Beulah mit sa tête sur sa poitrine. « Qui aurait intérêt à te faire porter le chapeau ?

– Là est la question, n'est-ce pas ? J'aimerais bien le savoir. J'espère seulement... que c'est bien à moi qu'ils en voulaient et qu'ils n'ont pas entraîné cette pauvre fille là-dedans pour rien. Pourquoi ne s'en sont-ils pas pris directement à moi, si c'est moi qu'ils voulaient ?

– Ou moi. »

Eliso frissonna. « Ne dis jamais ça, Bella. Y'a aucun risque qu'on t'approche grâce à nos gardes du corps. »

Beulah leva la tête et le regarda droit dans les yeux. « Eli ?

– Oui, bébé ? »

Elle lui souriait, il était en admiration devant sa beauté d'une douceur exotique. « Tu veux bien m'épouser ? »

Eliso sourit. « Tu me l'as enlevé de la bouche. Un peu de patience ma chérie. Je ne vais pas tarder à te faire ma demande.

– Je ne m'impatiente pas. Comme je l'ai dit à Nan, vive le girl power. Veux-tu m'épouser, toi, Eliso Dario Patini ? »

Eliso se redressa, l'attira contre lui et l'embrassa passionnément. « Beulah Tegan, rien, je pèse mes mots, *rien* ne me ferait plus plaisir que t'épouser. Oui. *Oui, mille fois oui.* »

Beulah poussa un cri et mangea son visage d'un million de baisers, ça le faisait rire. « Commandons du champagne. » Elle regarda la montre. Trois heures du matin. « Tu crois qu'ils vont nous en monter ? »

Eliso leva les yeux au ciel. « Je suis sûr que ça ne leur posera aucun problème mon trésor. » Il décrocha le téléphone et contacta le service d'étage. Il s'adressait au directeur de nuit, le sourire aux lèvres. « Oui, s'il vous plait. Vos deux meilleures bouteilles. Comment ? Oh, oui, oui, excellent. Nous fêtons un évènement. Merci. »

Il raccrocha et embrassa Beulah sur la bouche. « Ton champagne arrive, Bella. On boira une bouteille. Je t'aspergerai avec la deuxième et lécherai tout doucement la moindre goutte sur ton corps de rêve. »

Beulah poussa un gémissement de désir et le chevaucha. « En attendant... »

Elle guida sa verge en elle, ils firent l'amour lentement. Eliso caressait ses seins, son ventre, il l'attira contre lui et l'embrassa sur la bouche. « *Je t'aime.* » murmura-t-il contre ses lèvres. Il l'aimait de tout son cœur... rien ne viendrait jamais les séparer. Ils étaient faits l'un pour l'autre.

Ils eurent un orgasme simultané quelques secondes avant que leur champagne n'arrive, le directeur était monté en personne – après tout, Eliso était une superstar. Leur accueil à l'hôtel s'était grandement amélioré depuis l'abandon des poursuites.

« Je vous présente mes excuses, Monsieur. Notre machine à glace est hors service, un seau à glace à votre disposition dans le couloir. »

Eliso le remercia et lui tendit un généreux pourboire. « Non, ça ira. Tenez. Merci, désolé pour le dérangement. »

Le directeur, un Anglais distingué et séduisant, leur sourit. « Puis-je vous présenter toutes mes félicitations, au nom de l'hôtel ?

– Merci. » Beulah lui adressa un sourire charmant, Eliso lui serra la main.

Une fois seuls, Eliso prit le seau à glace. « Je reviens tout de suite. »

Beulah s'était emparée de son téléphone. « Prends ton temps. J'appelle Londres.

– Pressée de l'annoncer à ta mère ? » Eliso avait le sourire, elle était aux anges.

« Elle est amoureuse de toi, je vais la rendre jalouse.

– Ha ha."

Beulah souriait. « Chéri, je sais pas comment te le dire mais... » Elle fit un geste en direction de son entrejambe, il s'aperçut en gémissant que sa fermeture éclair était ouverte. « Je comprends pourquoi le directeur avait le sourire jusqu'aux oreilles. » Beulah mit sa langue dans sa joue et gloussa.

Eliso remplit deux seaux à glace dans le couloir, il était sur le point de rebrousser chemin lorsqu'une femme d'un certain âge s'exclama, émerveillée. « Oh mon Dieu. J'ai gagné ! »

Eliso était perplexe. « Je vous demande pardon ?

– Vous êtes ce séduisant italien, cet acteur... Shirley ?! » hurla-t-elle dans le couloir silencieux. Eliso réprima un sourire. Une femme du même âge passa la tête par l'entrebâillement d'une porte. « Wendy, parle moins fort. » Elle contemplait Eliso, Wendy exultait.

« Tu me dois cinquante dollars ! C'est *bien* lui !

– Nom d'une pipe. » Shirley sortit de la chambre et tituba vers eux dans le couloir. Une fois arrivée à leur hauteur, elle toucha le visage d'Eliso. « Mon Dieu, quelle beauté. Tu as raison, Wendy, c'est *bien* lui.

– Et tu me dois cinquante dollars. »

Shirley agita la main. « Oui, oui. » Elle sortit un iPhone de sa poche. « On peut avoir un selfie, mon chou ? »

Eliso leur sourit. « Bien sûr, avec plaisir. » Wendy et Shirley se collèrent contre lui pour prendre la photo. Beulah, toujours au téléphone, sortit la tête de la chambre et les aperçut. Elle souriait.

« C'est votre petite amie ? » demanda Shirley, envieuse, Eliso gloussa.

« Ma fiancée, » dit-il fièrement. Beulah lui envoya un baiser et disparut dans la chambre. Shirley et Wendy n'allaient pas laisser passer cette aubaine et le mitraillaient de questions. Eliso bavarda avec elles de bon cœur, il était sur le point de les inviter à déjeuner avec Beulah le lendemain lorsqu'un cri glaçant de terreur déchira le couloir paisible.

Eliso laissa tomber les seaux à glace et se dirigea dans la direction d'où provenait les cris – il comprit instantanément que Beulah, l'amour de sa vie, avait besoin d'aide.

Il se rua dans la chambre – et l'aperçut. Beulah gisait par terre. Du sang partout. Elle leva les yeux d'un air terrifié et regarda quelque chose derrière lui. « Non, ne lui faites pas de mal, non... »

Eliso se retourna – et ce fut le noir complet.

PENDANT QU'ELISO gisait inconscient par terre, Beulah agonisait tandis que son agresseur se tournait vers elle. « Je vous en supplie... non... »

Elle ne voyait rien de lui hormis son regard, dénué de pitié ou de la moindre compassion. Elle venait de raccrocher avec sa mère lorsqu'il l'avait attrapée par derrière et poignardée dans le dos. Beulah hurlait, il l'avait jetée au sol au moment où Eliso arrivait. Il s'était emparé d'une lourde statue à la réception de l'hôtel et l'avait fracassée sur le crâne d'Eliso tandis qu'elle criait.

Il déchira sa robe alors qu'elle se débattait. « Pourquoi ? » Beulah l'implorait, il tordait son bras dans son dos. « Pourquoi vous faites ça ? »

Il s'arrêta subitement, se pencha et murmura quelque chose à l'oreille de Beulah qui hurla. Elle écarquilla les yeux de stupeur et d'effroi devant sa révélation. Son agresseur plongea son couteau sans relâche dans son ventre jusqu'à ce que Beulah expire.

Son dernier souffle avait été pour l'homme qu'elle aimait... *Eliso... Eliso... je t'aime... je t'aime tant...*

Son meurtrier retira son couteau et essuya le sang sur sa robe. Il bandait comme un taureau en contemplant son œuvre. Quelle fille sublime. Il ferma ses paupières et effleura ses lèvres. Il lui avait murmuré, il lui avait dit qu'il la tuait pour sa beauté, parce qu'elle aimait Eliso, parce qu'il aimait ça – son regard s'était voilé de terreur, elle était morte.

Il entendit des voix et s'éclipsa sans tarder, des cris s'élevaient tandis qu'il courait dans le couloir en direction les escaliers. Il ne craignait pas d'être identifié ; il s'était habillé pour la circonstance : tout en noir pour masquer les traces de sang, une cagoule sur le visage.

Le jour se levait, il repéra une ruelle et jeta la cagoule dans un conteneur. Il avait planqué un blazer, quelque chose à enfiler par-dessus ses vêtements noirs pour paraître moins lugubre durant sa fuite.

Il marcha calmement dans la rue jusqu'à la station de métro la plus proche. Il acheta le journal et le lut comme ses semblables qui se rendaient au travail. Il salua son assistante en arrivant au bureau et lui demanda un café.

Une fois seul, il repensa au meurtre, il revivait la scène, savourait l'excitation froide que ça lui procurait. La sublime fiancée d'Eliso était morte ; Patini gisait, inconscient.

Il était fier de lui. Il savourait son meurtre et se délectait du prochain qu'il fomentait : l'avocate, la copine de Patini. Nan Songbird, la « maîtresse de Stone ».

CHAPITRE QUINZE

Nan aurait voulu courir jusqu'à l'hôpital mais elle dût se contenter de marcher à pas vifs, Ettie dormait dans ses bras. Elle savait que Stone serait là mais elle devait y être. Elle aperçut Alan et alla vers lui, il discutait avec Stone, anéanti.

Il se leva en la voyant. « Merci d'être venue, » souffla-t-il.

« De rien, c'est normal... du nouveau ?

– Eliso est toujours au bloc. Le choc a provoqué une hémorragie cérébrale. »

Nan eut la nausée. « Oh mon Dieu... et Beulah ? »

Stone et Alan se regardèrent, Nan comprit sur le champ. Beulah était morte. « Oh non... *non...* »

Ses jambes se dérobèrent, Stone la fit asseoir. « Passe-la-moi pendant que tu te reprends. »

Nan lui tendit Ettie sans hésiter, elle s'en étonnerait plus tard, avec le recul. Alan prit place à côté de Nan. « La police les a trouvés et les a conduits ici, Beulah est morte en route. Poignardée à plusieurs reprises, comme Willa Green.

– Dieu du ciel... et probablement Ruthie. » Nan ferma les yeux et se pencha en avant, les larmes aux yeux. « Pauvre, pauvre Beulah...

quel gâchis... elle était pleine de vie, si heureuse, tout est fini... j'arrive pas à y croire. »

Elle regarda Stone, un frisson de bonheur et de crainte la parcourut. Il contemplait sa fille, Nan vit, à sa grande surprise, qu'il était émerveillé. Il croisa son regard, c'était fini. *Mon Dieu... il me déteste.* Elle se leva et tendit les bras. « Je vais la reprendre. »

Stone lui tendit Ettie sans protester. « Je vais aux nouvelles voir les chirurgiens. »

Il pivota sur ses talons et s'éloigna dans le long couloir. Nan soupira en serrant Ettie étroitement contre elle. Alan la regardait attentivement. « J'ai raté un épisode ? Je vous croyais amis ? »

Nan inspira profondément. « Alan... Ettie est la fille de Stone Vanderberg. Tu te rappelles qu'on est sortis ensemble en France l'année dernière ? J'ai appris ma grossesse à mon retour, tu connais la suite.

– Pas vraiment. Vanderberg ignorait l'existence d'Ettie ? »

La voix de son patron était chargée de reproches, elle ne pouvait pas lui en vouloir. « Il m'a clairement dit l'année dernière qu'il ne voulait pas d'enfants. Jamais. Je ne lui ai par conséquent rien dit – je croyais ne plus jamais le revoir. Et puis Eliso Patini a été accusé de meurtre. Mon Dieu, pauvre Eliso... »

Alan réfléchissait à ce qu'elle venait de lui dire, elle guettait son expression. « J'ai mal fait d'après toi ? »

Il soupira. « Ce n'est pas à moi de te dire comment tu dois mener ta vie, Nan.

– Il m'a attaqué pour la garde. »

Alan haussa les sourcils. « Pardon ?

– Véridique. »

Ils restèrent longuement assis en silence. « Nan, l'avocat du diable...

– Continue.

– Il souffre. Quand il tenait Ettie dans ses bras... je ne suis pas expert en langage corporel ni psychologue mais il vient tout juste de perdre son père, et voilà qu'il découvre qu'il a un enfant. *Puis,* son meilleur ami est agressé, sa fiancée sauvagement assassinée. Peut-être... » il regarda Ettie endormie, il se radoucit. « Il a peut-être besoin de vous. Sa réaction n'est que le fruit du chagrin et du choc.

– Tu crois ?

– Il a raison. » Ils sursautèrent en chœur lorsque Stone brisa le silence. Il regardait Nan avec une peine immense, Nan sentit son cœur fondre. « On peut parler ? »

Alan se leva et lui donna une tape dans le dos. « La salle réservée aux familles est vide... et si vous y alliez ? Je reste attendre les nouvelles ici. »

Nan ne savait que penser de la demande de Stone mais elle ne s'attendait absolument pas à ça. Ils entrèrent dans la salle glaciale et impersonnelle réservée aux familles. Il ferma la porte, s'approcha d'elle et Ettie. Il déposa un tendre baiser sur le front de sa fille et embrassa Nan avec fougue. Il frotta son front contre le sien. « Pardonne-moi. Je ne voulais pas... ça n'a plus d'importance maintenant. Je comprends maintenant. Je comprends pourquoi tu ne m'as rien dit – je t'assure.

– Je ne voulais pas te faire de peine, » murmura-t-elle. « Je devais protéger Ettie.

– Je sais. » Il caressa la petite joue rebondie d'Ettie. « Elle est splendide, Nan. »

Les joues de Nan étaient baignées de larmes. « Oui, elle est adorable, Stone. Écoute, je sais que tu ne veux pas...

– J'étais un imbécile. Comment ne pas vouloir d'elle ? » Il regarda Nan. « De vous *deux*. Je suis amoureux de toi Nan – amoureux fou. » Il partit d'un petit rire. « J'avoue que c'est tout nouveau pour moi. Tu m'as... tourné la tête, ensorcelé, incroyable Nanouk Songbird. Et toi, Ettie Songbird... tu es la huitième merveille du monde. »

Nan pleurait, Stone les prit toutes deux dans ses bras, Nan le regardait, les yeux rougis. « Je t'aime tu sais, » dit-elle la voix brisée. « Énormément... j'avais peur, je n'ai pas songé aux conséquences, mais je ne regrette pas de t'aimer ou qu'Ettie soit là. Elle et toi êtes les deux meilleures choses qui me soient arrivées dans la vie, je suis sincèrement désolée d'avoir tout fait foirer. Pourras-tu me pardonner ?

– Il n'y a rien à pardonner, Nan, rien. » Il caressa son visage, son regard devint sérieux. « J'aimerais te poser une question... celui qui traque Eliso est prêt à tout pour le faire souffrir. Le meurtrier n'a pas tué Eliso pour une raison précise – il ne s'arrêtera pas en si bon chemin, nous sommes tous en danger. Alors... tu veux bien venir t'installer chez moi avec Ettie pour le moment ? On sera en sécurité dans mon appartement, j'ai toute une escouade de vigiles à disposition. »

Nan hésita. C'était pas un peu précipité ? Elle les savait en danger mais de là à vivre avec lui ? Elle contempla sa fille endormie et prit sa décision. « D'accord. Tant que l'assassin ne sera pas derrière les barreaux. Ensuite... il sera toujours temps d'en discuter. »

Stone se détendit. « Parfait. Merci. Quant à l'affaire qui nous occupe, je vais appeler mon avocat pour qu'il classe le dossier. J'aimerais bien être reconnu en tant que père d'Ettie mais la décision t'appartient. »

Nan le dévisagea. « On peut arranger ça. »

Stone se pencha, l'embrassa et soupira. « Mon Dieu, je ne sais plus où j'en suis avec Eli, quelle merde noire.

– Je sais ce que tu ressens. J'arrête pas de penser à Beulah... » La voix de Nan se brisa. « Pourquoi vouloir la tuer ? »

Stone secoua la tête. « J'arrive même à imaginer le raisonnement de ce psychopathe. D'après la police, il tue par plaisir.

– Il *aime* ça ? »

Stone était aussi écœuré que Nan. Alan frappa à la porte. « Pardon de vous interrompre mais le chirurgien est là. »

Eliso Patini se réveilla, sa tête lui faisait affreusement mal, pire encore, son cœur était brisé en mille morceaux. Il la savait morte ; il le sentait au fond de lui. Un docteur entra dans son champ de vision. « M. Patini ? Comment vous sentez-vous ? »

En enfer. « Confus. » Il devait savoir la vérité, il se raccrochait à un infime espoir. « Beulah ? »

Le médecin n'avait pas besoin de le lui dire mais Eliso voulait l'entendre. « Je suis sincèrement désolé, M. Patini, nous avons tout essayé pour sauver Mlle Tegan. Elle était trop grièvement blessée. »

Mio Dio... Eliso ferma les yeux, il aurait voulu ne plus jamais se réveiller.

« Eli ? » Une voix douce et familière. Fenella glissa sa main dans la sienne. Il ouvrit les yeux et vit sa sœur, les yeux rouges et cernés. Ses joues étaient baignées de larmes. « Eli... je suis sincèrement désolée.

– Je suis content de te voir Fen. » Sa voix était rauque, sa gorge sèche. « J'ai soif.

– Je crains que vous n'ayez droit qu'à de la glace pour le moment, le temps de voir comment ça évolue. » Le chirurgien pressa la main d'Eli. « Vous avez subi une lourde intervention cérébrale, M. Patini. »

Eliso hocha la tête mais aurait mieux fait de s'abstenir. C'était douloureux, mais pas autant que la mort de Beulah. « J'ai l'impression qu'elle va rentrer dans la chambre, tout excitée et raconter ses blagues. » Mon Dieu dites-moi que c'est pas vrai ?

Fenella hocha la tête. « J'arrive pas à y croire moi non plus. J'aurais dû me montrer plus agréable envers elle mais j'étais jalouse. Jalouse qu'elle me vole mon petit frère, aussi stupide que ça puisse paraître. Ma mesquinerie et ma bêtise m'ont empêchée de devenir son amie. Je le regretterai toute ma vie Eli. Beulah était une fille formidable.

– Merci. » Il chercha l'heure du regard. « Je suis ici depuis combien de temps ? »

Fen déglutit. « Une semaine. Ils t'ont opéré la nuit où tu as été admis et également deux jour après. Tu as fait une hémorragie cérébrale, ils ont dû ponctionner. C'est une chance que tu arrives à communiquer aussi bien ; on craignait tous que tu ne sois plus *toi-même* ou que tu ne réveilles pas. Ils t'ont réveillé du coma ce matin. »

Une semaine. « Et les parents de Beulah ?

– Ils ont pris un vol le jour-même, ne t'inquiète pas. La mère de

Beulah est restée assise à tes côtés, elle te donnait la main. Nan et Stone aussi. Tu savais qu'ils avaient un enfant ? »

Eli écarquilla les yeux. « Non... *quoi* ? T'es sûre ?

– À cent pour cent. Ettie. Elle est adorable, Stone est fou d'elle. Du jamais vu.

– Putain. » Eliso éprouva une immense tristesse. Le monde avait-il donc changé en si peu de temps ? Beulah était morte, Stone était devenu *père* ? Ça faisait trop d'un coup, il était épuisé. Il regarda sa sœur. « Beulah... l'enterrement ? »

Fen était mal à l'aise. « Ses parents voulaient ramener le corps à Londres mais ils ont estimé que tu avais ton mot à dire. Ils espéraient que tu te réveilles avant de prendre leur décision. On s'est occupés de Beulah, ne t'inquiète pas. »

On frappa à la porte, Ted Vanderberg passa la tête par l'entre-bâillement. Il écarquilla les yeux et sourit en constatant qu'Eliso était réveillé. « Dieu merci. Je peux entrer ?

– Bien sûr, Teddy. »

Ted s'assit sur une chaise. « Stone et Nan sont rentrés se reposer quelques heures à la maison avec Ettie. Ils sont restés là 24h sur 24h depuis une semaine mais Stone a insisté pour que Nan et le bébé rentrent. Ils reviendront un peu plus tard. »

Eliso était profondément reconnaissant envers son meilleur ami. Stone avait toujours été là pour lui et il savait qu'il en serait toujours ainsi. Il hocha la tête en direction de Ted. « Alors, ça fait quoi d'être tonton, Teddy ? »

Ted sourit et se radoucit. « J'avoue que c'est... incroyable, j'appré-ciais pas vraiment Nan au début – c'est en partie de ma faute – je me suis comporté comme un sale con aux obsèques de Papa. Mais Ettie ? Bon sang mec. J'en suis gaga. »

Eliso souriait mais son deuil commençait à lui peser sérieuse-ment, savoir que l'avenir qu'il avait imaginé avec Beulah, l'amour de sa vie, avait explosé en mille morceaux était insupportable. C'était un homme brisé – il ne s'en remettrait jamais.

Fenella sentit qu'il avait besoin d'être seul. « Eli a besoin de repos, si on allait boire un café Teddy ?

– Bonne idée. » Ted serra le bras d'Eliso. « Je suis là si tu as besoin de quoi que ce soit, ok ? »

Eliso hocha la tête et poussa un soupir de soulagement lorsqu'il se retrouva enfin seul. Il avait besoin de s'apitoyer sur son sort. *Mon Dieu, Beulah, mon amour, ma vie, j'ai échoué... je n'ai pas su te protéger. Je suis sincèrement désolé... je t'aime...*

... pour toujours.

16

CHAPITRE SEIZE

Nan se réveilla, engourdie et sale mais à l'aise dans le lit immense de Stone. Il l'avait bordée dans une couverture tricotée, qu'elle repoussa et se leva. La voix grave de Stone et le gazouillis joyeux d'Ettie venaient du salon. Elle atteignit la porte et les contempla un moment. Stone chatouillait sa fille, qui gigotait et faisait des petits bruits contents. Le cœur de Nan débordait d'amour. Cette semaine était vraiment incroyable.

Stone avait fait en sorte qu'elle s'installe chez lui avec Ettie. Nan était bouleversée par la facilité avec laquelle il s'était organisé. En l'espace de quelques heures, une des chambres s'était métamorphosée en chambre d'enfant, il ne manquait absolument rien. Il l'avait décorée de couleurs claires et apaisantes, installé un magnifique berceau (Nan savait qu'il était *hors de prix*), une méridienne, un rocking-chair pour allaiter Ettie, et touche finale, des étagères pourvues de tout le nécessaire.

Nan était désorientée et quelque peu décontenancée. Plutôt étrange venant d'un homme qui lui avait affirmé ne pas vouloir d'enfant ? Ettie, blottie contre la large poitrine de Stone, posa sa main grande ouverte sur son visage.

« Vous avez l'air de bien vous entendre, » dit doucement Nan, Stone la regardait en souriant.

« Bonjour ma beauté, bien dormi ? »

Elle hocha la tête, s'approcha d'eux et caressa les cheveux bruns d'Ettie. Sa fille la regardait en clignant des yeux, elle avait sommeil. Nan l'embrassa sur le front. « Oui merci, j'ai besoin d'une bonne douche. Je vais d'abord l'allaiter. »

Stone lui tendit l'enfant, Nan déboutonna sa chemise. Elle lui sourit pendant qu'Ettie tétait. « Ça ne te gêne pas ? Le syndrome de la Madonne et la Putain, très peu pour toi ?

– J'ai jamais adhéré à ce genre de truc, » répondit Stone en caressant la joue de sa fille. « Quoi ? Une femme serait moins désirable parce qu'elle est devenue mère ? C'est que des conneries. *Oups.* » Il prit un air coupable, Nan rigola.

« Les gros mots sont autorisés jusqu'à ce qu'elle soit en âge de parler.

– Désolé. » Il gloussa et se pencha pour l'embrasser. « Ce que je voulais dire c'est que... allaiter ma fille ne te rend pas moins désirable, bien au contraire. » Il effleura son nez. « J'ai très envie de toi, Nan Songbird. »

Elle l'embrassa en souriant. « J'irais me doucher dès qu'elle dormira... tu me rejoins ?

– Pour un bon bain chaud ? »

Elle poussa un gémissement. « Ce serait génial.

– Entre-temps, t'as faim ? Soif ?

– Je veux bien un déca.

– C'est comme si c'était fait. »

Une fois Ettie repue et endormie dans son nouveau berceau, Nan et Stone se déshabillèrent lentement et entrèrent dans l'eau chaude. Stone l'enlaça. « Je t'aime, Nanouk Songbird.

– Moi aussi. Écoute, je me disais qu'il faudrait réfléchir au nom de famille d'Ettie... tu veux bien qu'elle porte le tien ? »

Stone l'embrassa sur la tempe. « Oui, bien sûr, mais elle est née depuis cinq mois et répond au nom d'Ettie Songbird. L'association des deux est splendide, je suis partagé. »

Nan se retourna et le regarda. « Je sais mais... j'ai envie qu'elle ait quelque chose qui t'appartienne, que penses-tu de Janie en deuxième prénom ? Comme ta sœur ? »

Stone fut pris de court, il ne trouvait pas ses mots. « Waouh. Tu me surprends jour après jour mon trésor. Ce serait formidable. Un bel hommage à la mémoire de Janie, merci.

– Je t'en prie mon chéri. Parle-moi d'elle – tu m'as raconté comment elle était morte, pas qui elle était. »

Stone caressa les longs cheveux de Nan. « Elle te ressemblait énormément – nous étions très proches. Elle était beaucoup plus jeune que moi. J'avais douze ans lorsque Janie est née ; Ted en avait neuf. Janie était un vrai garçon manqué, elle grimpait aux arbres alors qu'on le lui interdisait, elle rigolait constamment, était toujours contente. » Il se rembrunit. « Le jour de sa mort... je devais faire une rédaction pour l'école, j'étais de mauvais poil. Elle boudait parce que je lui avais dit que je ne pouvais pas jouer avec elle. Elle est allée voir Ted, ils sont partis s'amuser sur la plage, Ted est rentré à la maison au bout d'une heure en hurlant, Janie était entrée dans l'eau mais il ne la voyait plus. Son corps a été retrouvé échoué sur la côte douze jours après.

– Mon Dieu c'est horrible. Ted a dû être anéanti. »

Stone hocha la tête. « Il ne se l'est jamais vraiment pardonné mais bon sang c'était qu'un gosse, que pouvait-il faire ? »

Nan l'embrassa. « Je suis sincèrement désolée mon amour. » Elle soupira. « Je ne peux pas imaginer ce qu'Eliso doit endurer.

– C'est inimaginable. » Stone l'enlaça plus étroitement et l'attira contre lui. « S'il vous arrivait quoi que soit... mon Dieu.

– Il n'arrivera rien. On va coffrer ce salopard et l'envoyer croupir en prison. Il ne fera plus de mal à personne. »

Stone la voyait frissonner de plaisir tandis qu'il caressait son dos. « J'aimerais qu'on oublie tout ça et qu'on fasse comme si tout allait bien durant quelques heures. »

Nan hocha la tête, le regard brillant de désir. « Excellente idée. » Il l'embrassa sur les lèvres, son corps s'embrasa. Ses seins aux tétons dressés se pressaient contre sa poitrine, elle le chevaucha, leurs ventres étaient collés l'un à l'autre, elle sentit sa verge s'agiter et durcir. Elle frotta son sexe contre le sien. « Prends-moi, Vanderberg. »

Stone sourit, la souleva et l'empala sur son sexe énorme. Nan poussa un soupir d'aise tandis qu'il la pénétrait, ils ondulaient en rythme tout en regardant sa bite faire des allers-retours. « Bon sang, j'adore te baiser Nan, nos corps s'emboîtent à la perfection.

– On est faits l'un pour l'autre.

– Ça c'est sur... plus fort, encore bébé, enfonce-toi, plus fort... »

Nan le chevauchait plus ardemment, il la pénétrait profondément, Stone glissa une main entre ses cuisses et branla son clitoris. « Oui, voilà ma beauté, lâche-toi. »

Nan ferma les yeux et se cambra. Stone embrassait sa gorge. « T'es une vraie bombe, Nanouk, j'ai une envie folle de te sauter... j'ai envie de te prendre par tous les orifices ce soir. »

Sentir sa verge dans sa chatte et ses doigts sur son clitoris la rendait folle. « Dis-moi ce dont tu as envie. »

Stone poussa un gémissement sourd. « Je vais te baiser comme une bête, tu ne marcheras plus droit demain, je vais sucer ton clito et te faire hurler, je vais mordre tes mamelons jusqu'à ce que tu demandes grâce, je vais fourrer ma langue dans ton nombril parce que je sais que t'aime ça. Des orgasmes en veux-tu en voilà, un vrai feu d'artifice, ma déesse... »

Nan poussa un cri en jouissant, elle sentit une vague chaude l'envahir, son vagin se contractait sur son sexe tandis qu'il la pilonnait sauvagement. Stone souriait pendant qu'elle essayait de reprendre son souffle. « Tu sais quoi ? Je vais te prendre par derrière contre la fenêtre, tout Manhattan verra la plus belle femme du monde jouir. »

Nan était si excitée par ses paroles crues qu'elle mordit son épaule, il poussa un gémissement.

« Ma tigresse. »

Il tint promesse, il la baisa par derrière contre la baie vitrée du salon, l'emmena au lit et la lima jusqu'à ce qu'elle demande grâce, ils étaient épuisés. Ils s'endormirent dans les bras l'un de l'autre et furent réveillés par la sonnette du parlophone.

« J'espère que je ne vous dérange pas, » dit Ted à son frère en entrant. Stone le prit dans ses bras.

« Non, on dormait. Entre. Déjà huit heures du soir ? »

Ted rigola. « Oui, on perd la notion du temps. J'arrive de l'hôpital. Eliso est réveillé. »

Stone se figea. « Pour de bon ?

– Oui, le toubib l'a trouvé bien mais il a besoin de repos. C'est ce que je voulais te dire. Plus de visiteurs pour aujourd'hui. »

Stone soupira et hocha la tête. « Ok. Tu veux du café ?

– Avec plaisir.

– Salut. »

Ils se retournèrent en entendant la voix de Nan. Elle s'approcha de Stone dans sa robe moulante tout en jetant un regard méfiant à Ted. Ils ne s'étaient pour ainsi dire pas vraiment revus depuis leur première rencontre gênante, Nan était mal à l'aise en présence du frère de Stone. Il lui adressa un sourire amical.

« Salut, Nan, comment tu te sens ?

– Bien, merci. Aussi bien qu'on peut l'être en pareilles circonstances. »

Le sourire de Ted s'évanouit. « Je sais. Eliso est anéanti, je n'avais jamais vu ça, c'est horrible. Il envisage de laisser tomber le cinéma, quitter le pays, s'exiler. Je pense qu'il divague ; il est sous cachets, mais tout de même.

– On ne peut pas le laisser se torturer. Il n'aurait rien pu faire. C'est lui qui est visé, on doit trouver pourquoi. » Stone était déterminé, Nan le soutint.

« Je suis d'accord. »

Ted se racla la gorge. « Je dois vous avertir, la presse est aux aguets – ils sont partout. » Il regarda Nan l'air désolé. « Ils ont découvert le pot aux roses : vous deux, Ettie...

– Oh merde.

– Oui. La presse à scandale insinue que vous évoluez dans le milieu du sexe, que Beulah a été tuée lors d'un jeu qui aurait mal tourné.

– C'est quoi ce bordel ? » Nan était hors d'elle. « Comment osent-ils ?

– Ils ne reculent devant rien pour vendre leur merde, ils inventent n'importe quoi. Ignore-les. On est des adultes, les gens savent que c'est totalement faux. »

Nan jura, Stone la serra dans ses bras. « Tout ce qui compte c'est qu'on soit ensemble, en sécurité. Ted, la sécurité a été renforcée à l'hôpital comme je te l'avais demandé ?

– Ouais. Personne n'approchera d'Eli, de Fen ou des parents de Beulah. » Il soupira. « La situation est vraiment étrange. Eliso est probablement l'un des acteurs les plus sympas qui existe ; il n'a pas d'ennemis.

– On sait à quel point les obsédés fantasment sur les acteurs. » Stone était épuisé. « Espérons que la police le retrouve – ou la retrouve.

– Tu crois qu'une femme aurait pu faire une chose pareille ? » Ted eut l'air surpris, Nan éclata d'un rire cynique.

« On en est tout aussi capables, crois-moi. Bien que ça ne soit heureusement pas très fréquent. » Elle frotta son visage. « J'arrête pas de penser à Beulah. Dire que cette... fille au caractère bien trempé nous a quitté ?

– On ne connaîtra jamais la réponse. »

Ils restèrent assis un moment en silence, Nan finit par se lever. « Je vais voir Tee-Tee. »

Ted lui prit la main alors qu'elle passait à côté de lui. « Nan, je voulais te dire... je me suis comporté comme un salaud lors de notre première rencontre. Pardonne-moi. J'espère qu'on deviendra amis. »

Nan lui sourit. « Bien sûr. Cette semaine nous a prouvé que c'est vraiment pas la peine de se prendre la tête. »

. . .

ETTIE ÉTAIT RÉVEILLÉE et suçait tranquillement son pouce. Nan le lui enleva doucement de la bouche. « Je croyais qu'on avait conclu un marché avec ce fameux pouce, Tee-Tee. »

Elle sourit en prenant sa fille et fit la grimace. « J'en connais une qui a fait caca. »

Elle la nettoya et changea sa couche tout en faisant des chatouilles sur son petit bidon, Ettie gazouillait de joie. Elle la serra contre elle et l'embrassa. « Tu es la plus belle fille du monde, Tee-Tee, la plus belle.

– La deuxième plus belle. »

Stone enlaça Nan par derrière et embrassa sa tempe. « Ted est parti ?

– Oui, il était crevé. On est tous les trois ce soir. »

Nan se blottit contre lui. « C'est parfait. »

ILS PASSÈRENT UNE MERVEILLEUSE SOIRÉE, dînèrent, s'amusèrent avec Ettie et discutèrent avant d'aller se coucher. « Regarde ça, la famille idéale, » dit Nan en plaisantant, Stone riait aux éclats.

« Si mes ex voyaient ça. »

Nan se glissa dans les draps en coton d'Egypte. « T'en as eu combien ? »

Stone riait. « Tu veux vraiment le savoir ? »

Nan réfléchit. « En fait non. J'ai juste besoin d'être rassurée, de savoir que tu ne sors pas avec une autre. »

Stone l'attira contre lui et la regarda droit dans les yeux. « Il y a et il n'y aura jamais que toi. Tu es la femme de ma vie, Nanouk. »

Elle rougit de plaisir. « Beau parleur. T'as pas l'impression que notre aventure en France date d'au moins mille ans ? »

Stone souriait. « Quatre mille, pour être précis. »

Elle gloussa et lui donna une tape sur l'épaule. « Tais-toi un peu. Non mais franchement, il s'en est passé des trucs depuis. J'espère seulement qu'on arrêtera celui qui tourmente Eliso et qu'il s'en remette.

– Moi aussi mon trésor, moi aussi. »

. . .

« DES FLEURS ? »

Eliso était intrigué par l'énorme bouquet de fleurs que l'infirmière venait d'apporter dans sa chambre. Il ne voyait pas qui, dans son entourage, pouvait bien lui envoyer *des fleurs* ? L'infirmière lui remit une enveloppe en souriant.

Il l'ouvrit et recula, sous le choc. Il ramassa d'une main tremblante la photo tombée par terre. Beulah. Morte. Son corps sublime lardé de coups de couteau, les yeux glacés d'effroi. Du sang.

« *Mio Dio, moi Dio...* » Eliso retourna la photo, son univers bascula dans la terreur la plus absolue. Au verso, cinq mots écrits à l'encre noire, Eliso comprit que son cauchemar ne faisait que commencer. Cinq petits mots.

Tous ceux que tu aimes.

CHAPITRE DIX-SEPT

N an dévisageait, mécontente, l'immense garde du corps qui l'escortait quelques semaines plus tard à son cabinet d'avocat, un lundi matin. Elle adressa un regard gêné à son assistante pour s'excuser, visiblement mécontente que des membres de la sécurité fouillent le bureau en quête d'armes, bombes, insectes... et qui sait quoi encore ?

Depuis qu'Eliso avait reçu cette menace, Stone et lui avaient fait des pieds et des mains pour renforcer la sécurité, et surveiller quiconque les avait *approchés* de près ou de loin au cours des vingt dernières années, il était impossible de passer outre. Seul Ted avait refusé, déclarant à Stone qu'il avait ses propres gardes du corps. « Sans vouloir te vexer, je préfère les miens. Je dois rencontrer des imprésarios cette semaine, de gros bonnets, voir ce qu'ils proposent pour Eliso, je préfère m'entourer de mon propre personnel. »

Stone n'était pas ravi mais il ne pouvait pas contraindre Ted à accepter. « D'accord mais Teddy, s'il te plait... j'ai déjà perdu une sœur. »

Ce n'était pas la chose à dire, Ted baissa la tête. Nan le tira de ce mauvais pas. « C'était pas un reproche, Ted. Ce n'est pas ce qu'il voulait dire. »

Stone se rendit compte de la portée de ses paroles, il détestait voir son frère si affecté. « Ce n'était pas un reproche, Teddy. Pardonne-moi si je me suis mal exprimé. »

Ted était ravi lorsque Nan lui avait appris qu'ils avaient décidé de donner le prénom de sa défunte sœur à Ettie. « C'est magnifique. » Il était ému aux larmes, Nan le prit dans ses bras. Leur relation s'était grandement améliorée depuis ces dernières semaines. Il n'avait plus rien à voir avec l'homme colérique et malveillant rencontré lors des obsèques.

Elle s'était liée d'amitié avec Diana, la mère de Stone et Ted. Diana Vanderberg, une femme élégante aux cheveux grisonnants, était la fille de Ward Vanderberg, une riche famille d'aristocrates. Elle était toujours vêtue avec classe, telle Jackie Kennedy, arborant des tailleurs Chanel ou Givenchy, notamment lors des galas ou déjeuners qu'elle donnait dans sa propriété, elle s'habillait plus simplement lorsqu'elle rendait visite à Nan et sa petite-fille – elle était enfin *elle-même*.

« Je suis sûre que son jean doit coûter plus cher que mon salaire annuel, » murmura Nan à Stone, amusé, ils contemplaient Diana et Ettie qui faisait de la peinture et collait ses petites mains barbouillées sur le jean griffé de sa grand-mère. Diana n'avait pas l'air de s'en soucier.

Diana avait écouté le récit de Nan, pourquoi elle n'avait rien dit à Stone au sujet d'Ettie, elles avaient sympathisé. « Tu as fait comme tu as pu, » avait-elle dit à Nan, soulagée que cette femme d'âge mûr ne lui tienne pas rigueur du passé.

Elle apprit avec bonheur que Diana avait connu sa mère. « Nous avons organisé plusieurs soirées à la bibliothèque d'Oyster Bay – Geneviève y travaillait ? »

Nan hocha fièrement la tête. « Elle gérait cette bibliothèque de main de maître. Etta, ma grande sœur, y travaillait également.

– C'est merveilleux. » Diana l'observa. « Stone m'a dit que tu étais seule depuis fort longtemps. Tu fais désormais partie de la famille, Nanouk. »

· · ·

NAN AVAIT REPRIS LE TRAVAIL, Ettie était rentrée à la maison avec Diana et leur gigantesque garde du corps – Nan se fichait que ça paraisse exagéré, elle voulait que sa fille soit en sécurité – elle pouvait ainsi se consacrer entièrement à son travail. Alan la fit venir dans son bureau dès son arrivée.

« J'ai des nouvelles de la police. Il est possible que Beulah soit dans son collimateur depuis longtemps. »

Nan soupira. « C'est possible mais je pense qu'on a affaire à un obsédé... ils auraient pu supprimer Eliso. La menace qu'il a reçue le concerne *directement*.

– Je suis d'accord avec toi mais ils doivent vérifier. » Alan s'assit dans son fauteuil. « Ce pourrait être un proche d'Eliso.

– Comme qui, par exemple ?

– Sa sœur. Stone. Des membres de la famille de Stone – Ted est le manager d'Eliso, après tout. »

Nan secoua la tête. « Ils ne sont pas coupables. Pas la famille de Stone, du moins.

– Nan... tu devrais peut-être te dessaisir du dossier. Tu es trop proche d'Eliso, des Vanderberg. Es-tu en mesure de me garantir ta totale impartialité ? »

Nan s'avachit, vaincue. « Tu sais quoi ? Tu as raison. Je ne suis *pas* impartiale. C'est impossible. Aussi étonnant que ça puisse paraître, ces personnes font désormais partie de ma famille. Chaque nuit, en fermant les yeux, j'imagine la terreur de Beulah, sa douleur. Eliso est brisé à jamais. La peur se lit dans les yeux de Stone, la mienne s'y reflète, j'ai si peur que le meurtrier s'en prenne à Ettie. » Elle allait se mettre à pleurer, Alan fit le tour de son bureau et prit sa main.

« Écoute, prends un congé sabbatique tant que l'affaire ne sera pas résolue. Payé, évidemment. Reste auprès de ta famille.

– Inutile de me rémunérer, » dit-elle, mais Alan ne l'écoutait pas.

« Prends tout le temps nécessaire. Profite de ta fille, Nan. Tu reviendras lorsque tout sera terminé. »

. . .

NAN FUT RACCOMPAGNÉE à l'appartement de Stone, elle avait pris la bonne décision. Elle se sentait libérée. Elle aurait le temps de mener ses propres investigations sans devoir en référer à Alan, bien protégée derrière son ordinateur dans sa *forteresse*. Elle sourit aux deux gardes du corps baraqués qui garaient la voiture dans le parking souterrain. « Prêts pour du babysitting, les gars ? »

L'un d'eux, prénommé Greg, sourit. « Un boulot comme un autre, Mlle Songbird. »

Nan faillit lui demander s'il était ancien militaire en sortant de la voiture lorsqu'elle entendit un cri. On l'appelait.

« Nan ! »

Elle se retourna, Greg et Simon, le second garde du corps, réagirent promptement, Nan vit, horrifiée, Duggan Smollett tituber vers elle, l'air hagard, il la mettait en joue.

Le temps suspendit son vol l'espace d'une seconde, Greg la fit entrer dans l'habitacle tandis que Duggan Smollett ouvrait le feu.

DES COUPS de feu et des pneus qui crissent. Des cris. Greg sur elle, la protégeant de son corps. Puis, le silence.

« Greg ? Greg, ça va, vous êtes touché ?

– Non, madame. Restez couchée. Restez couchée. »

Planquée sous le corps massif de Greg, il faisait noir dans la voiture. Elle entendit Simon crier quelque chose, le poids se souleva, Greg se releva et l'aida à s'asseoir.

« Amène Mlle Songbird en lieu sûr, je m'occupe de… ce truc. »

Greg l'attrapa fermement par le bras et l'entraîna vers l'ascenseur. Elle l'aperçut tandis que les portes se refermaient. Duggan. Cloué au mur par une Audi noire, le béton éclaboussé de sang. Mort.

« Qu'est-ce qui s'est passé ? »

Greg était tout excité. « M. Vanderberg lui est rentré dedans avec sa voiture. Il l'a piégé. Simon a tiré mais c'est M. Vanderberg qui l'a eu. Il attend la police en bas. »

Quelque chose ne collait pas mais Nan ne comprenait pas quoi. « Comment Duggan Smollett a pu s'introduire ici ? »

Greg arborait un air sinistre. « C'est ce qu'on va devoir élucider. Lorsqu'on sera arrivés à notre étage, vous resterez dans l'ascenseur jusqu'à ce que je vous dise que la voie est libre, pigé ? »

Nan, effrayée et choquée, acquiesça. Arrivés au niveau du toit-terrasse, Greg sortit, arme au poing. Il revint au bout de quelques secondes. « La voie est libre. Merci d'avoir patienté. »

Nan entra dans l'appartement, l'inquiétude se lisait dans les grands yeux bleus de Diana. « Que se passe-t-il ? » Elle tenait Ettie dans ses bras, qui, gagnée par la tension ambiante, tendait les bras vers sa mère.

Nan l'aperçut et la serra étroitement contre elle, elle inspira profondément à plusieurs reprises et raconta à Diana ce qui venait de se passer. Diana était ébranlée. « Ted l'a arrêté ? »

Apparemment. Nan ne comprenait pas. Stone conduisait une Lotus, *Ted* une Audi noire. Elle regarda Greg pour avoir confirmation. Il hocha la tête. « Ouais. M. Edward Vanderberg a foncé dans Smollett. Dieu merci il l'a tué. »

Nan secoua la tête. « Je ne comprends pas... je croyais que l'affaire Duggan à Cannes datant de l'année dernière était réglée. Pourquoi vouloir me tuer, comment diable est-il entré ?

– Je présume qu'il faudra attendre les résultats de l'enquête. »

TED ARRIVA au bout de quelques instants en compagnie d'un inspecteur et de policiers. Diana prit son fils dans ses bras, Nan fit de même. « Merci, » chuchota-t-elle. « Tu m'as sauvé la vie. »

Ted secoua la tête. « Quiconque aurait fait la même chose. La police a besoin de ta déclaration. Vous avez prévenu Stone ?

– Prévenu Stone de quoi ? »

Ils se retournèrent sur sa voix et constatèrent avec surprise qu'Eliso, épuisé, se tenait à ses côtés.

« Regardez qui est là. » Stone souriait à son ami, Nan se rendit compte qu'il ne se sentait pas bien.

« Eli, assieds-toi à côté de moi. » Elle le fit asseoir à ses côtés et lui donna la main. Elle regarda Stone et se força à sourire. « C'est fantastique de vous voir tous les deux, mais on a des nouvelles inquiétantes à vous communiquer. »

STONE NE RESSENTAIT PAS UNIQUEMENT de la colère, mais de la *rage*. De la rage envers Duggan Smollett, de la rage envers lui, de ne pas avoir réussi à éloigner définitivement Smollett, qu'il ne puisse plus jamais approcher Nan. *Pourquoi, Dieu du ciel ?*

« Quelque chose me dit que c'est un coup monté, » dit Nan, Stone la tarabustait.

« Nan, ce type a essayé de te poignarder l'année dernière, là il essaie de tuer mais d'après toi c'est un coup monté ? »

Elle hocha la tête, la peur se lisait dans ses grands yeux marron. « Je ne pense pas qu'il ait tué Beulah. Je ne crois pas. Pourquoi ? Il ne la connaissait pas ; je ne la connaissais même pas lorsque Duggan était à Cannes. Je pense qu'il sert d'appât.

– Oui, mais *qui* alors ? » Stone s'aperçut que seuls lui et Nan parlaient, dans une pièce remplie de statues. Il regarda Greg. « Vous me virez tous les mecs qui surveillent le garage.

– C'est déjà fait patron, » répondit Greg en hochant la tête. « On a fait dégager les paparazzi qui squattaient dehors, on leur a dit qu'on "s'occuperait" personnellement d'eux s'ils essayaient d'entrer. On a le soutien de la police.

– Greg a plongé sur moi quand Duggan s'est mis à tirer, mon trésor, » dit Nan doucement. Il l'enlaça tendrement. Il aurait pu rentrer et la trouver morte... *mon Dieu.*

Il adressa un signe de tête en guise de reconnaissance à Greg. « Merci Greg, vous vous êtes débrouillé comme un chef. La police est bien sûre que Smollett est bel et bien mort ?

– Affirmatif. » Ted était aussi choqué qu'eux. « Je vais au commissariat faire ma déposition – je risque d'être inculpé mais si c'était à refaire, je le referais.

– Inculpé ? » Nan s'éloigna de Stone, stupéfaite. « Inculpé pour m'avoir sauvé la vie ? Putain je t'accompagne, je vais tout leur raconter...

– Nan, calme-toi, simple formalité. Personne n'accusera Teddy de quoi que ce soit. »

Stone vit Nan pousser un immense soupir. Eliso, assis sur le canapé sans rien dire, prit la parole.

« Il faut que ça se termine. Arrêter ce bain de sang. Teddy, tu peux m'organiser une déclaration télévisée ? »

Ils regardaient tous Eliso, qui poursuivit. « Je veux m'adresser directement au tueur. Lui demander ce qu'il veut pour s'arrêter. De l'argent, la notoriété... peu importe. Je veux mettre un terme à cette hécatombe. » Stone s'approcha de son ami qui grimaçait de douleur. « Eli, va t'allonger dans une des chambres d'amis. L'hôpital n'aurait pas dû te laisser sortir.

– J'y retourne si Teddy fait ce que je lui demande. »

Ted acquiesça. « Je vais arranger ça, Eli. Mais prends soin de toi s'il te plait. »

ELISO SE RENDIT dans la chambre d'amis et ferma la porte, Nan prit Ettie et la serra très fort dans ses bras. Si les balles de Duggan avaient effectivement touché leur cible, elle n'aurait plus jamais vu sa fille bien-aimée ou l'homme de sa vie. Elle l'avouait – elle était terrifiée. Terrorisée. « Apparemment, nous sommes tous en danger. Qu'est-ce qu'on va faire ?

– Eli a une bonne idée, » avança Ted prudemment, il s'attendait à ce que Stone s'y oppose. Mais ce ne fut pas le cas, Ted hocha la tête et se leva. « Je pense qu'on devrait quitter Manhattan et dégoter un coin tranquille où on serait tous en sécurité. »

Stone secoua la tête. « Je ne suis pas d'accord. Si on se planque loin de tout, la police ne pourra pas venir à notre secours si besoin est... »

Ted haussa les épaules. « Tu as raison. Bon sang, Stone, j'ai juste envie de protéger ceux qui nous sont chers. J'ai vu les photos de la scène de crime, ce que ce type a fait à Beulah. » Il regarda Nan, qui vit Stone pâlir.

« Quelque chose me dit qu'on doit rester ici, ok ? »

. . .

TED s'en alla peu après avec la police, Diane proposa de s'occuper d'Ettie pour la sieste. Nan et Stone partirent discuter dans leur chambre mais bientôt, le silence se fit. Stone berçait Nan, elle resta longuement blottie contre sa poitrine avant de le regarder.

« J'aime pas ça du tout.

– Je sais. » Stone déposa un baiser sur son front. « Que Duggan te poursuive, ou qui que ce soit d'autre... je ne peux imaginer ce qu'Eli doit endurer.

– Il est brisé. Ça se voit à son regard. Vide. » Nan grimaça devant sa maladresse. « Enfin, tu comprends ce que je veux dire.

– Oui. » Stone releva son menton et l'embrassa. « Je t'aime tant, ça me tue de savoir ce qu'Eli doit éprouver.

– Stone ?

– Oui mon amour ?

– On va essayer de faire comme si de rien n'était pendant quelques heures. »

Il l'embrassa passionnément, toute sa peur et sa terreur se concentraient dans ce baiser. Il tira sur la ceinture de sa robe porte-feuille, l'écarta et embrassa sa peau.

Allongée sur le dos, Nan caressait ses boucles brunes tandis qu'il embrassait son plexus, son ventre, il descendit son slip le long de ses jambes, posa sa bouche sur son clitoris, elle poussa un soupir, laissa toute la tension de la journée se dissiper, se focalisant sur les sensa-tions que Stone lui procurait.

Stone écarta ses cuisses, sa langue se fraya un chemin parmi les replis de sa vulve pour mieux s'enfouir dans sa chatte, ses coups de langue rapides et ciblés la faisaient frémir de plaisir. « Pénètre-moi, » susurra-t-elle. Stone remonta et l'embrassa sur la bouche.

« Je suis au paradis, » murmura-t-il contre ses lèvres, défaisant la braguette de son jean et extirpant sa verge. « J'adore la moindre parcelle de ton corps. »

Il passa ses jambes autour de sa taille et la pénétra, son sexe dur comme de la trique la pilonnait inlassablement. *Comment ai-je pu imaginer pouvoir vivre sans lui ne serait-ce qu'un seul instant ?* Nan l'embrassait avidement, plaquait ses mains sur son dos musclé, ses doigts se frayaient un chemin à travers sa chemise.

Stone ne la quittait pas des yeux alors qu'elle jouissait. Il gémit pendant l'orgasme, en éjaculant abondamment dans son vagin.

Nan l'aida à se déshabiller entièrement par la suite, ils refirent l'amour en prenant leur temps, s'embrassaient et se caressaient. Nan frémissait et gémissait, en proie à un autre orgasme, Stone lui souriait. « Épouse-moi, » murmura-t-il, Nan répondit sans hésiter.

« Oui, » en hochant la tête, sérieuse. « Oui, je le veux, Stone Vanderberg. »

Elle ignorait que la lueur de bonheur qui brillait dans ses yeux céderait bientôt la place à la peur, la terreur et la mort.

Que leurs vies étaient en péril.

CHAPITRE DIX-HUIT

Eliso avait retiré son pansement pour les besoins de l'interview, dévoilant une vilaine cicatrice sur un côté de sa tête ainsi que des ecchymoses violacées. Il voulait montrer ce que le tueur lui avait fait, dire au présentateur, un homme adorable d'un certain âge présentant habituellement les infos sur cette chaîne, ce que Beulah avait subi exactement. Il voulait choquer et provoquer le meurtrier. Il voulait...

Il voulait sentir Beulah vivante dans ses bras. Il était heureux pour ses amis, Nan et Stone lui avaient appris avec moult précautions qu'ils allaient se marier – mais son cœur était brisé au souvenir de cette merveilleuse et terrible soirée, lorsque Beulah lui avait fait sa demande. Il revoyait son visage, ivre de bonheur, il sentait encore sa peau sous ses doigts.

Il sentait encore l'odeur de son sang. Il revoyait les atroces blessures que le meurtrier lui avait infligées, avant même de l'entendre hurler.

Massacrée. Voilà le terme qu'il comptait employer. Beulah avait été massacrée.

Eliso ferma les yeux, les lumières aveuglantes du studio brûlaient sa rétine, il était en proie à un mal de crâne atroce. Une main se posa sur son bras. Fenella.

Elle l'avait solidement épaulé depuis le meurtre de Beulah, voilà qu'elle le prenait dans ses bras. Elle lui chuchota des paroles réconfortantes en italien et appuya doucement sa tête contre la sienne pour ne pas lui faire mal. « Eliso, on est tous avec toi. »

Bob Jenkins, le présentateur, était arrivé et lui serra la main. « Je vous présente toutes mes condoléances, M. Patini.

– Je vous remercie, appelez-moi Eliso. »

Bob laissa l'assistant poser son micro et enchaîna. « Eliso, vous avez l'antenne. Dites tout ce que vous voulez, vous avez carte blanche. On évite les insultes évidemment mais... »

Eliso laissa échapper un rire étouffé. « Pas de gros mots ok, mais parler d'une femme qui se fait éviscérer ça plait à l'audience américaine.»

Bob hocha sagement la tête. « Ouais, c'est du grand n'importe quoi. »

Eliso appréciait la franchise de cet homme. « Parfait. Pas de vulgarité.

– Antenne dans cinq minutes les gars, » annonça le régisseur. Fenella embrassa son frère sur le front et sortit du champ de la caméra.

« Soyez gentil avec lui, » lança-t-elle à Bob, qui hocha la tête en souriant.

« Elle n'a pas la langue dans sa poche.

– Doux euphémisme. » Eliso aimait bien cet homme chaleureux et pince-sans-rire.

« C'est à vous dans soixante secondes. »

Un verre d'eau était posé à côté d'Eliso, il but une gorgée mais tremblait tellement qu'il le renversa sur ses genoux.

« Hé, » dit doucement Bob. « Vous allez y arriver. Vous avez l'habitude mon gars. Vous avez ça dans le sang. C'est normal d'être nerveux, mais n'oubliez pas la raison de votre présence ici. Je suis là. »

Eliso lui sourit, reconnaissant. Le compte à rebours avait commencé. Bob lança son sujet devant la caméra, Eliso passa en mode acteur. Bob avait raison – Eliso était un acteur-né – sauf que cette fois-ci, il ne s'agissait pas d'un rôle de composition.

Eliso se prépara pour la première question – et attendit.

« Il raconte super bien. » L'appartement de Stone était plein de monde fixant l'immense écran plat, Eliso racontait ce qui s'était passé. Les parents d'Eliso, Diana, leur garde rapprochée et Nan étaient assis sur des canapés, observant les réactions ou expressions d'Eliso. Ted se trouvait au studio avec Eliso et Fen. Nan parla la première. « Il raconte super bien. Il parvient à se maîtriser. »

Elle tenait et pressait la main tremblante de la mère d'Eliso. « Il se débrouille super bien, Lucia, il est vraiment génial. »

Stone avait invité les parents de Beulah mais ils avaient préféré rentrer en Angleterre. Beulah avait été enterrée là-bas, conformément au souhait d'Eliso – la question ne se posait même pas – il n'était pas en droit d'exiger qu'elle repose ici. « Je pourrais toujours me rendre à Londres. Elle doit reposer non loin de sa famille, c'est important. »

Nan admirait la générosité qui se dégageait de ce visage bouleversé par le chagrin. Elle contemplait Ettie et Stone en se demandant si elle saurait faire preuve d'une telle grandeur d'âme. Diana Vanderberg avait déjà perdu une fille de façon tragique. Nan ferma les yeux, se sentant nauséeuse. L'idée de perdre Ettie était insupportable, Diana et les Tegan ne le savaient que trop bien. Elle devait prendre exemple sur eux, y puiser la force nécessaire.

Ils regardèrent Eliso décrire les évènements tels qu'ils s'étaient passés ce soir-là, son visage s'éclaira en évoquant la demande en mariage de Beulah, leur joie, leur bonheur. Il parla des deux dames d'un certain âge avec lesquelles il avait discuté, ils étaient d'ailleurs toujours en contact.

Bob Jenkins l'exhortait à raconter cette nuit d'horreur, Nan vit les épaules d'Eliso retomber, elle aurait voulu le réconforter. *Quelle bonté,* pensa-t-elle. *C'est impensable... qu'une chose pareille arrive à un homme si chaleureux, adorable, gentil. Qui pourrait vouloir du mal à Eliso Patini ?*

Les larmes lui montaient aux yeux, elle dû se détourner de la mère d'Eliso. Il avait changé depuis un mois, son nouveau physique, ses cheveux bouclés rasés exhibant sa vilaine cicatrice était un coup dur pour elle.

Le téléphone de Nan sonna, elle s'excusa et alla répondre. Le numéro lui était inconnu. « Allo ?

– Mlle Songbird ? »

Ah. Miles Kirke. « Que voulez-vous, Kirke ? C'est pas le moment.

– Pardon de vous déranger. Je sais que le moment est particulièrement terrible pour M. Patini et vous-même. J'ai appris pour l'embuscade... je tenais à m'excuser pour ma conduite lors de notre dernière rencontre. »

Quelque chose dans la voix de Kirke attira l'attention de Nan. « Ok. » Que se passait-il ?

« Mlle Songbird... pourrions-nous nous rencontrer ? Je pense avoir trouvé quelque chose à propos du *bienfaiteur* de Duggan Smollett, faute de pouvoir employer un autre terme, le sujet est sensible. J'hésite à vous proposer un entretien en privé, vu mon comportement de la fois dernière. Mais... je pense que ça pourrait fournir des éléments de réponse à M. Patini. »

Nan garda longuement le silence. « Pourquoi vous croirais-je ? » finit-elle par demander.

« Je sais tout le mal que vous pensez de moi, je ne vous blâme pas. Écoutez, venez avec votre garde du corps, je ne peux me permettre de me montrer en public.

– J'exige d'autres garanties. »

Kirke soupira et parla à voix très basse. « Je ne pense pas que ce soit M. Patini qui soit implicitement visé. »

Nan sentit son cœur se glacer. « Qui ça alors ? »

Une longue pause. « M. Vanderberg. »

Non. Non...

Nan inspira à fond et ferma les yeux. « Où et quand puis-je vous rencontrer, M. Kirke ? Je veux savoir où vous voulez en venir. »

CHAPITRE DIX-NEUF

Il était à *deux doigts* de toucher au but. Il avait pris pleinement conscience du potentiel infini de son trouble de la personnalité et de son manque flagrant d'empathie depuis sa naissance, ou du moins depuis ses trois ou quatre ans, il savait qu'on ne pouvait rien lui refuser.

Il tuait depuis son plus jeune âge – il adorait ça – surtout les belles femmes, impuissantes devant un couteau ou un revolver.

C'était plus facile avec un couteau – pas d'odeur de poudre, pas de balle, pas de preuve. Il s'en servirait, le jetterait dans l'Hudson, en achèterait un nouveau sur internet et le ferait livrer à une autre adresse.

Il avait payé Ruthie pour qu'elle récupère les couteaux jusqu'à ce qu'elle balance tout à Nan et lui parle de la droguée embauchée pour agresser Eliso.

Willa Green et Ruthie étaient passées de vie à trépas. Beulah Tegan s'était débattue, il lui avait définitivement cloué le bec en la poignardant, son bel Eliso hors d'état de nuire, il s'était acharné sur elle et l'avait massacrée, savourant chaque instant.

Je suis un animal. Tel était son mantra. Il arriverait bientôt à ses fins. Stone. Stone lui serait si reconnaissant d'avoir épargné sa petite fille que le problème serait réglé de lui-même – ils seraient enfin ensemble. Stone serait brisé, infiniment chagriné par le meurtre de Nan, encore plus vulnérable.

Mon Dieu, cette *attente* était insupportable. Il avait décidé qu'ils découvriraient son cadavre ensemble, il serait là pour Stone... solide comme un roc. *Ah !*

Il pensait à Nan, si belle, si douce, si amoureuse. Il rêvait de son sang sur ses mains, ses beaux yeux emplis de terreur, agonisants, son regard vitreux pendant qu'il la tuait, qu'il s'acharnait. Le moment tant attendu approchait, il s'y voyait presque.

Nanouk Songbird mourrait dans les prochaines vingt-quatre heures, Stone lui appartiendrait enfin.

CHAPITRE VINGT

N an était tendue à l'idée de rencontrer Kirk mais elle devait savoir pourquoi, d'après lui, Stone était la cible du tueur. C'était complètement absurde.

Elle réussit à persuader Stone de la laisser sortir faire des emplettes pour Ettie, il demanda à Greg de l'accompagner. Elle communiqua sa destination à Greg une fois en voiture. Il n'était pas très chaud. « Mlle Songbird, j'ai reçu des ordres.

– Je n'aurais jamais fait un truc pareil en temps normal. Mais cet avocat détiendrait des informations concernant Stone, je n'ai pas de temps à perdre. Greg, s'il vous plaît. »

Elle finit par le convaincre, il la conduisit au lieu de rendez-vous, en banlieue. La demeure de Kirke était un vrai palais, Greg et elle trouvèrent l'intérieur froid et vide. Elle se demandait si Kirke était marié, apparemment pas, vu le style. La déco était bien trop... masculine.

« Merci d'être venue Mlle Songbird. » Miles Kirke serra sa main et adressa un signe de tête à Greg. « Puis-je vous demander d'attendre à l'extérieur, monsieur ? »

Greg regarda Nan, qui acquiesça. Elle avait rangé dans son sac le spray au poivre que Ted lui avait donné ce matin, tout son corps était en alerte.

Kirke avait perdu son arrogance coutumière par rapport à leur dernière rencontre ; il était pâle et visiblement nerveux, ses petits yeux, agités. Il lui proposa de s'asseoir, elle choisit la chaise la plus proche de l'immense baie vitrée mais il l'attrapa subitement par le bras et l'éloigna. Nan se figea en sentant ses mains sur ses épaules, il la lâcha immédiatement et leva ses mains en l'air.

« Désolé, pardon... pas à côté de la fenêtre. »

Oh, bon sang. La paranoïa de Kirke était presque risible – mais contagieuse. Nan s'assit le plus loin de lui possible, à distance respectable de la fenêtre. Kirke s'installa face à elle.

« M. Kirke, Stone serait donc la cible du meurtrier de Beulah Tegan... dites-moi ce que vous savez s'il vous plaît. »

Kirke inspira profondément. Il voulait épater la galerie malgré sa peur palpable, songea Nan. « Mlle Songbird...

– Appelez-moi Nan, voulez-vous ? » dit Nan avec agacement. Kirke acquiesça.

« Et moi, Miles. Nan, tout a débuté par une hypothèse après que mon dossier contre Eliso Patini se soit dégonflé tel un soufflé. Comme vous pouvez l'imaginer, j'ai effectué quelques recherches sur cet homme, il n'a aucun ennemi, personne, nada. Même les gens qui le harcèlent – vous vous doutez qu'un homme tel que Patini fait des envieux – sont de la *gnognotte* en comparaison. J'ai élargi mon rayon d'investigation – et j'ai découvert quelque chose. Vous êtes au courant pour la sœur de M. Vanderberg ? »

Nan hocha la tête, perplexe. « Janie. Oui, évidemment. Elle s'est noyée. »

Kirke était pensif. « Officiellement, oui. J'ai creusé, bien que ce soit interdit par la justice, j'ai eu accès à des dossiers sous scellés. Jane Vanderberg a été assassinée. »

Nan sentit le sol se dérober sous ses pieds. « Pardon ?

– L'affaire a été étouffée, le suspect...

– Ted ? » chuchota Nan, Kirke acquiesça. Elle se recroquevilla pour ne pas hurler.

« Son père était au courant – sa mère, je l'ignore. Vanderberg Père a réussi à étouffer l'affaire grâce à sa réputation et ses connaissances. Janie a été incinérée peu après son décès afin de masquer ses blessures, qui figurent d'ailleurs sur le rapport d'autopsie, le rapport du légiste étant bien évidemment *officieux*.

– De quoi est-elle morte ? » Nan avait la nausée.

« Poignardée. À plusieurs reprises. Ils pensent qu'il s'est servi d'une pierre coupante. Il l'a frappée si fort que certaines de ses côtés ont été cassées.

– Oh mon Dieu. » Nan avait envie de vomir. Kirke se leva et lui servit un verre d'eau.

« Je vous aurais bien proposé quelque chose de plus fort mais j'ai pensé que vous pourriez être, enfin, vous savez... » Il rougit, indiqua sa poitrine, c'était bien la première fois qu'elle éprouvait de la gratitude envers Kirke.

« Merci. Écoutez, Miles, je déteste l'admettre mais je vous crois. La première fois que j'ai rencontré Ted, il était... *ailleurs*, j'ai cru que c'était dû au décès de son père.

– Ah oui, son père. Décédé des suites de l'ingestion d'un poison violent.

– Pardon ? Je l'ignorais.

– La police d'Oyster Bay n'a pas engagé de poursuites mais écoutez ça... Ted a emmené ses parents dîner dans un restaurant végétarien à la mode – pour la première fois. Ted est un fin gastronome, il adore la viande. *Il adore*. Il possède trois barbecues dans son immense jardin, le nec plus ultra. »

Nan hocha la tête. « Je sais, on en a déjà fait avec lui. » Elle était perplexe. « Vous voulez bien en venir au fait ?

– Pourquoi un homme n'ayant jamais mangé dans un restaurant végétarien de sa vie – selon ses propres dires – amènerait-il soudain ses parents dans un restaurant végétarien ? »

Nan ne voyait pas. « Je n'en ai pas la moindre idée. »

Miles esquissa un rictus, son arrogance légendaire refaisait surface. « Si jamais vous déjeunez avec lui, évitez les champignons. »

Nan le dévisagea et esquissa un sourire. « Vous plaisantez.

– Je crains que non.

– Non, franchement, on dirait un mauvais film. Le fils empoisonne la salade de son père ? Vous *plaisantez*.

– Ce n'est que l'un des nombreux meurtres perpétrés par Ted.

– *'Des'* meurtres ? »

Kirke se leva. « Avez-vous croisé Ted à Cannes l'année dernière ? » Elle secoua la tête.

« Et pourtant il y *était* – j'ai vu ses relevés de carte bancaire. Eliso et Stone ignoraient qu'il les surveillait. Il comptait éliminer Eliso.

– Mais pourquoi ? C'est ça que je ne comprends pas. Pourquoi ?

– Vous ne comprenez pas ? Il est obsédé par son frère. Il ne veut pas partager – il n'a jamais voulu. *Jamais*. Il a tué sa sœur pour avoir Stone à lui tout seul. »

Nan était perplexe. « Ok, on sait de source sûre qu'il a tué Janie, que c'est un salaud mais je ne comprends pas pourquoi s'en prendre à Eliso.

– Stone aime Eliso Patini comme un frère. Il le préfère à Ted. » Miles parlait doucement. « Vous en avez conscience ? Réfléchissez au comportement de Stone envers Ted et Eliso. »

Nan ferma les yeux. Miles n'avait pas tort mais toute cette histoire était difficilement crédible. Elle revoyait Stone et Eliso ensemble, Stone et Ted ensemble – Miles avait raison. Stone et Eliso étaient inséparables. Des frères de sang.

« Putain, » murmura-t-elle, Miles la regarda avec sympathie.

« Oui je sais, c'est particulièrement retors, j'espère de tout mon cœur me tromper. »

Nan regarda les baies vitrées. « Elles sont blindées ? »

Miles approuva. « Elles ont été posées ce matin, je ne suis pas paranoïaque. Mon cabinet a été vandalisé la nuit dernière, les dossiers que j'avais récupérés concernant Ted Vanderberg ont disparu. Je ne peux pas porter plainte puisque que je me les suis procurés *officieusement*. Ce qui signifie que Ted sait que je recherche des preuves contre lui. Je suis prêt à parier qu'il me tuerait de sang-froid. » Il l'observait. « Il va vous tuer, Nan. Je vous assure que ce fils de pute prépare votre assassinat. Son frère l'obsède.

– Pourquoi ne pas avoir tué sa mère ? Mais son père ?

– Peut-être que son cher père allait vendre la mèche ? J'en sais rien. Tout ce que je sais c'est qu'Eliso Patini peur remercier Ted d'être toujours en vie. Un acteur mort est inutile – un acteur bien vivant écrasé de chagrin attire la sympathie, c'est plus vendeur, les rôles vont s'enchaîner et l'argent couler à flots. Patini a de forte chance d'être nominé aux Oscar rien que pour le meurtre de sa sublime petite amie. Ainsi va la vie à Hollywood – mais je ne vous apprends rien.

– Et Duggan Smollett ?

– Lui ? Il a eu du mal à retrouver un boulot après son licenciement en France. Sheila Maffey ne veut plus entendre parler de lui. Ted le connaissait ? »

Nan réfléchit un instant et grommela. « Oui. Je lui ai parlé de ma rencontre avec Stone – il m'avait provoquée, je lui ai dit la vérité.

– Vous ne trouvez pas étrange que Smollett vous ait cherché des noises *après* votre rencontre avec Ted ? »

Putain. Nan était furax. « Le fils de pute.

– Il a essayé de vous déstabiliser. Il savait qu'on enquêtait sur son passé. Mais ça n'a pas fonctionné comme Ted l'aurait voulu.

– Non. Je leur ai dit que d'après moi, Duggan n'avait pas tué Beulah. Bordel, comment un truc pareil a pu m'échapper ?

– Comment auriez-vous pu le savoir ? »

Elle lui sourit tristement. « Moi qui me vante toujours de suivre mon instinct.

– Personne ne s'en doutait, Nan. Inutile de vous tourmenter. » Il croisa les jambes, un peu plus détendu. « Vous êtes une avocate avec un potentiel incroyable, Nan. Le bureau du Procureur se fera un plaisir de vous accueillir en son sein lorsque vous serez un peu plus expérimentée.

– Merci, ça me touche. » Nan se frotta le visage. « Que puis-je faire ?

– Rentrez chez vous, parlez à Stone, faites-en sorte que lui et votre fille restent à distance de Ted. Nul ne sait... de quoi demain sera fait. »

Dans la voiture qui la ramenait en ville, Nan passa en revue tout ce que Miles lui avait suggéré. La peur panique qui l'oppressait lui donnait raison – aucun doute n'était donc permis ?

Mon Dieu. Les histoires de famille, c'est toujours un vrai merdier. Son téléphone bipa, elle prit connaissance du message reçu.

Sa vue se troubla, l'air se raréfia dans ses poumons. Une photo. Un selfie.

Ted, souriant devant l'objectif, tenant Ettie, en pleurs. Il avait écrit un message.

Coucou Maman ! On part en voyage !

L'univers de Nan bascula.

CHAPITRE VINGT-ET-UN

Son téléphone sonna, c'était Ted. « Espèce de fils de pute ! »

Ted éclata de rire. « Ne sois pas méchante Maman. Écoute ce que je vais te dire et tout se passera bien. Rien n'arrivera à Ettie tant que tu feras ce que je te dis.

– C'est à dire ? » *Je t'en supplie, ne fais pas de mal à mon bébé, je t'en supplie...*

« Fais demi-tour. Dis à Greg de te ramener chez Kirke.

– Comment... ?

– Ton spray d'auto-défense, Maman. Equipée d'un micro, le nec plus ultra. Comme les barbecues dans mon jardin. Kirke a raison, ne mange jamais de champignons. »

Il avait *tout* entendu. Nan regarda Greg et baissa d'un ton. « Que veux-tu ?

– Toi. Morte. Je rendrai ensuite Ettie saine et sauve à son père.

– Pourquoi ? »

Ted se mit à rire. « Kirke te l'a parfaitement expliqué. Stone est à moi. »

Nan restait muette. C'était donc vrai. « Tu as tué Beulah.

– Oui. Et aussi Willa, Ruthie, mon père et la jeune et douce Janie, cette sale gosse agaçante, cette morveuse. » Elle entendit comme un baiser. « J'avoue qu'Ettie est bien plus agréable. Stone et moi l'élève-ront comme notre propre fille. »

Bon sang, il était complètement malade, elle ne savait pas quoi faire. « Pourquoi chez Kirke ?

– Parce que je suis en route. Je devrais plutôt dire, on est en route. Ne t'avise pas d'appeler Stone, Nanouk, la vie de ta fille est entre mes mains, et pour être franc, je n'hésiterai pas.

– Et Greg ?

– Renvoie-le. Il va refuser, persuade-le.

– Il ne me croira pas.

– Il vaudrait mieux pour lui, sans quoi je l'abats d'une balle dans la tête. Je te préviens, pas un mot. Je t'écoute... je te vois. »

Nan regarda dans la voiture si elle voyait une caméra. Ted riait. « Tu ne la trouveras jamais, ma belle. » Ça klaxonnait à l'autre bout du fil – Ted conduisait. « Je te laisse. À tout à l'heure. »

Nan baissa doucement son téléphone et ferma les yeux. Elle n'avait pas le choix si elle voulait sauver Ettie.

MILES KIRKE REGARDA, perplexe, la voiture remonter son allée. Que se passait-il ? Il appela son garde du corps, sans succès. Il entendit un bébé pleurer et resta interdit. C'était quoi ce bordel ?

Il battit en retraite dans la maison et suivit les pleurs du bébé. Un enfant était allongé sur le canapé dans son bureau. « Mais qu'est-ce qui se passe bordel ? » Il s'approcha de l'enfant et sentit une arme se plaquer sur sa nuque. Un couteau.

« Salut, Miles, » lança Ted Vanderberg, tout guilleret. « Alors comme ça, t'as tout déballé ? Tu vas devoir me rendre un service pour te faire pardonner. »

Miles, déglutit péniblement en sentant l'acier froid sur sa nuque. « En quoi faisant ?

– Tu vas tuer Nan Songbird. »

. . .

COMME PRÉVU, Greg ne voulait pas quitter Nan. « Miles habite dans une vraie forteresse. Je dois m'entretenir avec lui quelques heures encore. S'il vous plaît, *Gregory*, je suis sûre que Stone a besoin de vous à la base. » Elle essayait de lui transmettre sa peur en établissant un contact visuel, c'était délicat, elle se savait surveillée. *Mon Dieu, Ettie, j'arrive...*

Greg la dévisagea et finit par abandonner. « M. Vanderberg m'a dit de vous obéir en tous points... » Il soupira. « Je serai de retour d'ici deux heures... Nan. »

Il ne l'avait jamais appelé Nan. Jamais. Toujours *Mlle Songbird* ou *Madame*. Elle reprit espoir, il devait se douter de quelque chose.

Elle descendit de la voiture les jambes tremblantes et monta les marches en pierre. Elle entendit Greg quitter l'allée. Personne ne vint à sa rencontre, Ted était certainement déjà à l'intérieur – il attendait de la tuer.

Oh mon Dieu, Stone, pardonne-moi. Pardonne-moi, je t'aime...

CHAPITRE VINGT-DEUX

S tone sentait que quelque chose ne tournait pas rond mais il
ne voyait pas quoi. Il le sentait au fond de lui – Nan ou Ettie
n'étaient pas à ses côtés – il ne pouvait pas les protéger, il était
dans tous ses états.

Ted lui avait proposé de sortir Ettie ; elle ne tenait pas en place en
l'absence de sa mère. Elle était grognon et n'arrêtait pas de gigoter, ne
se calmait pas dans les bras de Stone. Elle voulait Nan.

La mère de Stone était attendrie de voir Ted s'occuper d'Ettie. « Tu
étais pareil petit, tu voulais tout le temps ta maman. » Elle sourit à son
fils. « Ne t'inquiète pas, je ne dirai rien à personne. Janie était pareille.

– Et Ted ? »

Le visage de sa mère s'assombrit. « Non. Il ne voulait que *toi*,
Stone. Un peu trop à mon goût. »

Stone se rembrunit. « Comment ça "trop" ? »

Sa mère soupira. « Je le surprenais parfois en pleine nuit, assis au
bord de ton lit. Il se blottissait parfois contre toi. C'était bizarre. Il
devait te prendre pour un super héros. » Elle fit un geste de la main.
« Ah moi et ma psychologie à deux balles. Tu comptais énormément
pour lui. Il t'adore, tu sais.

– *Ted* ? » Stone était perplexe. « Vraiment ?

– Tu n'avais pas remarqué ? »

Stone fit un bond dans le passé, tout bien réfléchi, ça lui revenait. Diana l'observait. « Il a toujours été un peu jaloux de tes amis ; voilà pourquoi il ne se montre pas toujours très amical avec tes amis et tes conquêtes. Mais il a réussi à surmonter sa jalousie. La preuve, Eli. Tu crois qu'il serait son manager s'il le détestait ? »

Un certain malaise s'empara de Stone. « Ted était jaloux. D'Eli ? Ou... de Nan ?

– Je crois que c'est de l'histoire ancienne, » Diana n'avait plus rien à ajouter. « Il aime beaucoup Nan et adore Ettie. »

Le téléphone de Stone sonna. C'était Greg. « M. Vanderberg, je suis chez Miles Kirke – Mlle Songbird m'a demandé de la déposer ce matin. Pardonnez-moi – elle m'a fait jurer de ne rien vous dire. Ça sent mauvais. On est partis au bout de vingt minutes mais elle m'a demandé de rebrousser chemin presque immédiatement. Elle a reçu un appel, pas vraiment amical à mon avis. Et... » Greg soupira, « ... elle m'a appelé *Gregory*. M. Vanderberg, je pense qu'elle a voulu me dire quelque chose. Mlle Songbird sait pertinemment que je m'appelle Gregson.

– Miles Kirke ? » Stone était éberlué. « Ok, j'arrive. Envoyez-moi ses coordonnées.

– Ça marche. Écoutez, j'y retourne au cas où, pour m'assurer que Mlle Songbird aille bien. Tant pis si elle se fâche.

– Allez-y. Faites-en sorte qu'il ne lui arrive rien, ok ? Faites ce que vous avez à faire. J'arrive. »

Diane le regardait avec inquiétude. « Que se passe-t-il ? »

Stone se tourna vers elle. « Nan a des ennuis... je pense que Miles Kirke trempe dans le meurtre de Beulah. »

LA PREMIÈRE CHOSE que Nan vit fut sa fille gazouillant joyeusement sur le canapé, insouciante du danger. Elle se rua vers elle.

« Oh-oh. » Nan se figea et se retourna. Ted, tout sourire, se tenait derrière Miles, ligoté sur une chaise, un couteau sous la gorge. Miles pointait un revolver vers elle.

« Bonjour ma jolie. »

Nan n'avait pas peur pour elle, mais pour sa fille. « Ne fais pas ça, Ted. »

Ted leva les yeux au ciel. « Oh, enfin, tu crois que j'ai fait tout ça pour ne *pas* tuer ?

—Tu ne t'en sortiras pas aussi facilement. Quand Stone l'apprendra il te tuera, surtout si tu supprimes Ettie.

– Je n'ai pas l'intention de tuer ta fille... à moins que tu me compliques la tâche. »

Nan croisa le regard terrifié de Miles. Elle comprit que cet homme savait, tout comme elle, que Ted mentait. Elle se ressaisit. « Vas-y. Dis à ton larbin de me buter. »

Ted sourit. « T'as raison. » Il appuya le couteau sur la gorge de Mile. « Tirez-lui une balle dans le ventre, s'il vous plaît, M. Kirke. »

Nan serra les poings tandis que Miles la mettait en joue. Elle croisa à nouveau son regard. Il sourit et fit mine de parler.

« Cours, » dit-il, il se tira dessus en pleine poitrine et toucha Ted tandis que la balle les atteignait tous deux. Ted poussa un hurlement, la balle était entrée à gauche de son abdomen, il s'effondra tandis que Miles baissait la tête et se mit à vomir du sang.

Nan réagit immédiatement, elle plongea sur Ettie et la prit dans ses bras. Elle sortit de la pièce, ouvrit la porte principale en grand et sortit. Elle hésita une fraction de seconde, ne sachant où aller. Sur la route, en espérant qu'une voiture s'arrêterait ?

Elle entendit un moteur rugir. Non, Ted n'attendait que ça. Elle se mit à courir dans les bois, s'enfonça dans l'épaisse forêt. Elle entendit une balle se ficher dans un arbre non loin, son adrénaline grimpa en flèche. Il les tuerait toutes les deux s'il les rattrapait.

Elle tenait sa fille étroitement serrée contre sa poitrine tout en courant, elle zigzaguait entre les arbres. Elle n'aurait pas dû venir ici, le sous-bois était de plus en plus dense, elle n'arrêtait pas de trébucher.

Elle ne vit pas la branche enfouie sous un tas de brindilles et se prit le pied dedans. Sa cheville se tordit et elle tomba, elle s'élança désespérément de côté pour ne pas tomber sur Ettie, qui se mit à pleurer.

« Chuut, bébé, chuut... » Trop tard. Elle s'était cassé la cheville, la douleur lui donna la nausée ; elle voyait flou. C'était terminé. Elle entendit Ted approcher et sortit son téléphone. Elle était bien décidée à ce que Ted ne les tue pas, Ettie et elle. Elle tapait un message pour Stone lorsque Ted fit irruption entre les taillis, son arme pointée sur elle, elle le prit en photo et l'envoya.

« Salope. » Il dirigea l'arme sur son ventre et tira. Nan se tordait de douleur.

« Je t'en supplie, ne fais pas de mal à Ettie... fais ce que tu veux de moi mais ne lui fais pas de mal.

– Va te faire foutre salope, t'avais qu'à pas t'enfuir. » Il visait Ettie lorsqu'une immense silhouette masculine tout de noir vêtue plongea sur lui et le plaqua au sol, le rua le visage de coups de poings et cassa le bras tenant le revolver.

Nan, affaiblie par l'hémorragie, se jeta sur son bébé qu'elle prit dans ses bras. Elle ne voulait pas mourir sans serrer une dernière fois sa précieuse Ettie contre elle, elle embrassa sa petite tête. « Je t'aime de tout mon cœur, Tee-Tee, de tout mon cœur. Promets-moi de veiller sur ton papa de ma part. »

Elle perdait connaissance lorsque Greg la souleva et les emmena toutes deux hors des bois. La dernière chose qu'elle entendit avant de sombrer fut Stone qui hurlait et un hélicoptère.

CHAPITRE VINGT-TROIS

S tone tenait Ettie dans ses bras dans la salle réservée aux familles en attendant des nouvelles de Nan. Stone et sa mère étaient sous le choc depuis qu'ils avaient appris que Ted était derrière tout ça. Ted était en prison, il avait tout avoué espérant plaider coupable mais le procureur adjoint représentant Miles Kirke, grièvement blessé, avait refusé. Ted était inculpé des meurtres de Joseph Vanderberg, Willa Green, Ruthie Price et Beulah Tegan, de tentatives de meurtre sur Songbird, Ettie Songbird et Miles Kirke. Ted allait moisir en prison pendant très très longtemps – pire encore, il ne reverrait plus jamais son bien-aimé Stone.

Diana Vanderberg, anéantie, se remettait doucement. « Comment ai-je pu être aveugle à ce point ? »

Le dossier de Ted enfin retrouvé chez Miles, Diana et Stone avaient découvert que Ted avait assassiné Janie et que son père l'avait couvert. Cette double trahison et le sillage mortifère que Ted avait semé sur son passage étaient un fardeau bien trop lourd à porter. Ils redoublaient d'efforts pour occuper Ettie en attendant des nouvelles de Nan.

Le docteur vint les voir peu de temps après l'intervention. « Elle est faible mais c'est une battante. La convalescence sera longue mais elle s'en remettra. »

Quel immense soulagement. « On peut la voir ? » Stone se languissait.

« Elle est en salle de réveil, mais oui, dans une heure environ. » Il sourit et montra Ettie, endormie aux bras de son père. « C'est précieux un enfant.

– Elles sont précieuses toutes les deux. » Stone était ému, il déposa un baiser sur la tête de sa fille. « Viens-moi en aide mon Dieu, *elles comptent plus que tout...* »

IL FUT AUTORISÉ à voir Nan une heure après. Elle était encore dans les vaps mais sourit en le voyant avec Ettie. « Coucou. »

Stone se pencha et l'embrassa. « Dieu merci, Nan. Dieu merci. »

Elle gloussa. « C'est pas une balle qui aura raison de moi. »

Il pressa son front contre le sien. « Je t'aime de tout mon cœur, Nanouk Songbird.

– Moi aussi je t'aime, Stoney. »

Il rigola. « Stoney ?

– Tu es mon Stoney.

– Oui. Pour toujours. »

Nan sourit et voulut prendre Ettie. Stone la lui tendit et s'assit au bord du lit. « Tu souffres ?

– Un peu mais ils m'ont donné de la morphine. J'aurais préféré m'abstenir, je ne peux plus allaiter Ettie. »

Stone repoussa les cheveux du visage de Nan. « Un petit sacrifice, au vu de ce qui t'es arrivé.

– Ça va me manquer, c'est tout.

– Écoute, ça nous laisse tout le temps de nous occuper d'Ettie désormais. À notre rythme, chez nous. On pourrait habiter Oyster Bay, une maison avec un jardin pour qu'elle puisse jouer, avec deux chiens. »

Nan sourit. « Pas trop...

« *Grandiose*. Je sais. Ted a réussi à ternir le nom des Vanderberg. Les journaux font leurs choux gras.

– Je suis désolée, mon trésor. »

Stone secoua la tête. « Je t'interdis de t'excuser Nanouk – tu n'as rien à te reprocher. Tu as failli mourir par ma faute.

– Ce n'était *pas* ta faute, » dit-elle avec force. Elle grimaçait de douleur. « Désolée, une pointe douloureuse. Stoney, ma vie a commencé lorsque je t'ai rencontré et le jour où je suis tombée enceinte de Tee-Tee... je suis la femme la plus chanceuse du monde.

– Y'a que toi pour faire preuve d'un tel optimisme alors qu'on vient de retirer une balle logée dans ton corps, » dit Stone avec amour. « Je voulais te dire... quand on se mariera, je prendrai ton nom et celui d'Ettie. »

Nan ouvrit les yeux grands comme des soucoupes. « Pour de bon ? Qu'en pense ta mère ? »

– Elle me soutient. De plus, ce nom est magnifique, il vous va super bien à Ettie et toi, et puis c'est hyper tendance au vingt-et-unième siècle. Alors si tu es d'accord, je m'appellerai M. Stone Songbird. »

Nan avait les larmes aux yeux. « J'ai très hâte de devenir ta femme, Stoney. »

Stone sourit. « Épouse-moi, Nan. Epouse-moi dès que tu sortiras. »

Nan savait que sa vie serait désormais synonyme de joie, rire et amour...

Fin.

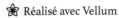 Réalisé avec Vellum

CPSIA information can be obtained
at www.ICGtesting.com
Printed in the USA
BVHW041013150321
602551BV00006B/476